FABULAS DARK

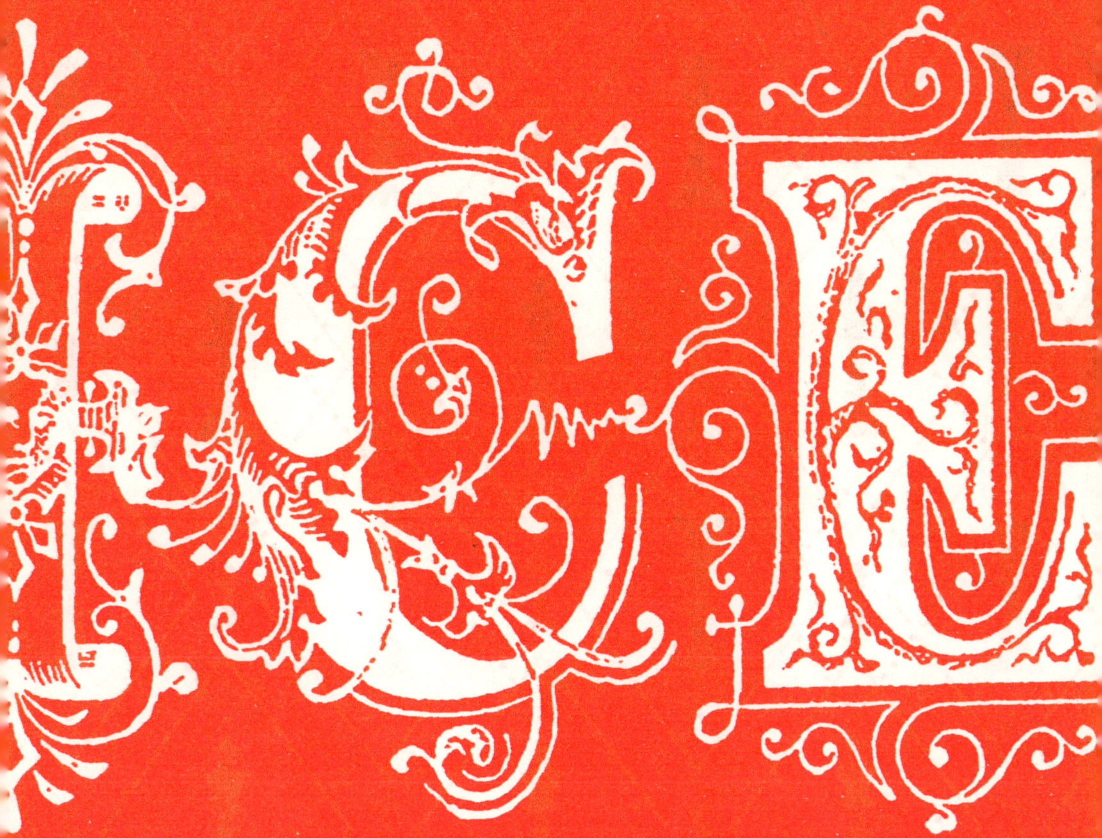

Dodgson
"*Lewis Carroll*"

Alice através do Espelho

Lewis Carroll

Tradução Marcia Heloisa

DARKSIDE

FÁBULAS DARK

Tradução para a língua portuguesa
© Marcia Heloisa, 2021

Ilustrações John Tenniel

Posfácio © Rafael Montoito, 2021

Windsor Forest (1844),
de John Frederick Kensett (p. 184–185)

Diretor Editorial
Christiano Menezes

Diretor de Novos Negócios
Chico de Assis

Diretor de Planejamento
Marcel Souto Maior

Diretor Comercial
Gilberto Capelo

Diretora de Estratégia Editorial
Raquel Moritz

Gerente de Marca
Arthur Moraes

Gerente Editorial
Bruno Dorigatti

Editora
Nilsen Silva

Capa e Projeto Gráfico
Retina 78

Coordenador de Diagramação
Sergio Chaves

Designer Assistente
Aline Martins

Revisão
Carla Bitelli
Retina Conteúdo

Finalização
Sandro Tagliamento

Marketing Estratégico
Ag. Mandíbula

Impressão e Acabamento
Braspor

DADOS INTERNACIONAIS DE CATALOGAÇÃO NA PUBLICAÇÃO (CIP)
Angélica Ilacqua CRB-8/7057

Carroll, Lewis, 1832-1898.
 Alice através do espelho : classic edition / Lewis Carroll ;
tradução de Marcia Heloisa ; ilustrações de John Tenniel.
 — Rio de Janeiro : DarkSide Books, 2021.
 192 p. : il.

 ISBN: 978-65-5598-086-8
 Título original: Through the Looking-Glass

 1. Literatura infantojuvenil 2. Ficção inglesa
 I. Título II. Heloisa, Marcia III. Tenniel, John

21-0831   CDD 028.5

Índice para catálogo sistemático:
1. Literatura infantojuvenil 028.5

[2021, 2025]
Todos os direitos desta edição reservados à
DarkSide® *Entretenimento* LTDA.
Rua General Roca, 935/504 — Tijuca
20521-071 — Rio de Janeiro — RJ — Brasil
www.darksidebooks.com

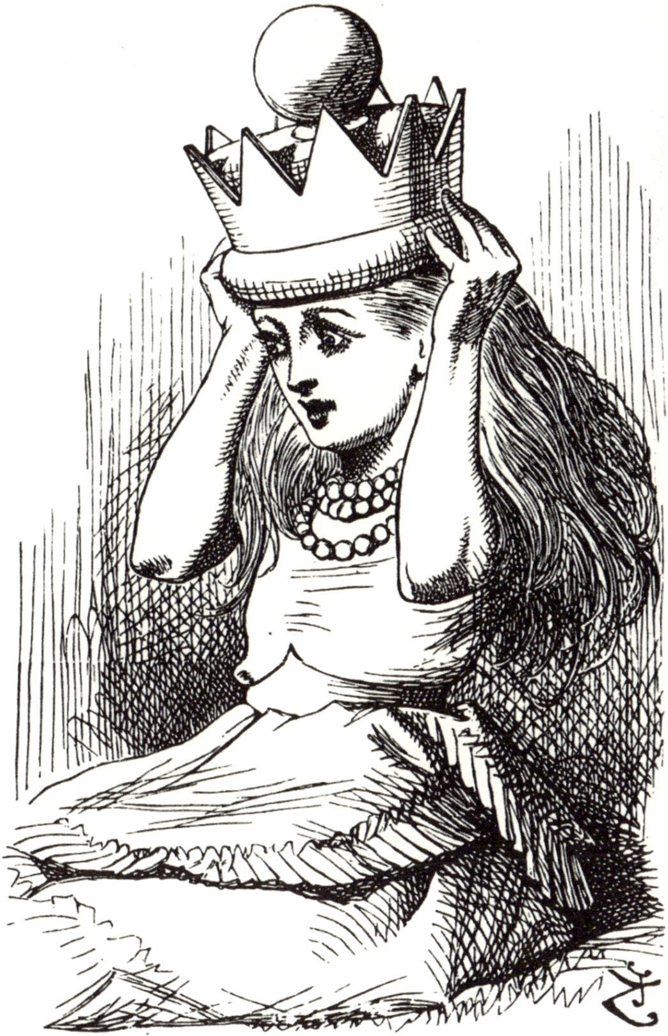

SUMÁRIO

SEGUNDA	TERÇA	QUARTA	QUIN
Lewis Carroll			
8-9			
9-10			
10-11			
11-12			
12-1			
1-2			
	Charles Lut		
2-3	**13**		
3-4	**19**	**23**	
4-5			

BIBLIOTECA LEWIS CARROLL

ALICE

SEXTA	SÁBADO	DOMINGO
13.	APRESENTAÇÃO	*por Marcia Heloisa*
19.	DRAMATIS PERSONAE	
23.	NOTA DO AUTOR	
31.	ALICE ATRAVÉS DO ESPELHO	
156.	O MARIMBONDO DE PERUCA	
165.	DO OUTRO LADO DO ESPELHO, UM MULTIVERSO	*por Rafael Montoito*

Widge Dodgson

		31
	156	165

ALICE
APRESENTAÇÃO

Em 1865, Lewis Carroll nos devolveu Alice, sã e salva, de suas peripécias no País das Maravilhas. Nossa valente heroína sobreviveu à queda na toca do coelho, a um chá com gente doida e ao julgamento da Rainha de Copas. Só que ainda havia mais uma história para contar.

Seis anos após a publicação do primeiro livro, Carroll estava pronto para conduzir Alice por uma nova aventura — desta vez, pelo encantador e inquietante Mundo do Espelho, um lugar onde as aparências não apenas enganam, como estão todas ao contrário.

Em *Alice Através do Espelho*, Alice é mais uma vez instada a penetrar nos mistérios da imaginação, adentrando um universo de fantasia que, não obstante, guarda uma semelhança perturbadora com a realidade. Explorando com sua característica ironia a temática dos duplos, Carroll retorna à sua obra-prima com renovado vigor, mantendo o *nonsense*, a crítica mordaz, a sofisticação da escrita e os elementos lúdicos que a tornam fascinante para crianças de todas as idades. Entre encontros inusitados, situações incríveis e diálogos ricos em disparates, os personagens deixam escapar, com calculada displicência, verdadeiras reflexões filosóficas. É na combinação de fantasia despretensiosa com argumentação intelectual que as aventuras de Alice ganham uma miríade de nuances, multiplicadas a perder de vista, como em uma casa de espelhos.

Se em *Alice no País das Maravilhas* tínhamos um combativo baralho de cartas, aqui temos um imenso tabuleiro de xadrez, composto por personagens-peões que desafiam Alice à mais curiosa das partidas. Mais uma vez, seu percurso está repleto de criaturas memoráveis como Tweedledee e Tweedledum, Humpty Dumpty e velhos conhecidos como o Chapeleiro e a Lebre de Março, em suas figurações invertidas. É também neste volume que Carroll apresenta dois de seus poemas mais célebres: o divertidíssimo e (quase) impenetrável *Jabberwocky*, que ganhou uma tradução inédita no Brasil, e *A Morsa e o Carpinteiro*, o poema que inspirou os Beatles na genial "I am the Walrus".

Assim como o volume anterior, *Alice Através do Espelho* eterniza um fragmento da infância de Alice Liddell, numa arquitetura de sonhos na qual sua curiosidade oferece firme sustentáculo para um palácio construído com lirismo e nostalgia, não sem tintas um pouco melancólicas.

"Não há nada que uma pessoa possa fazer para evitar o crescimento", diz Alice para Humpty Dumpty. Este livro que você tem em mãos é evidência de que a literatura, sempre mágica, é capaz de capturar o tempo, sem jamais aprisioná-lo. Nas páginas a seguir, Alice continua para sempre a menina esperta que cativa gerações de leitores há exatos 150 anos.

Vida longa à Rainha.

Marcia Heloisa

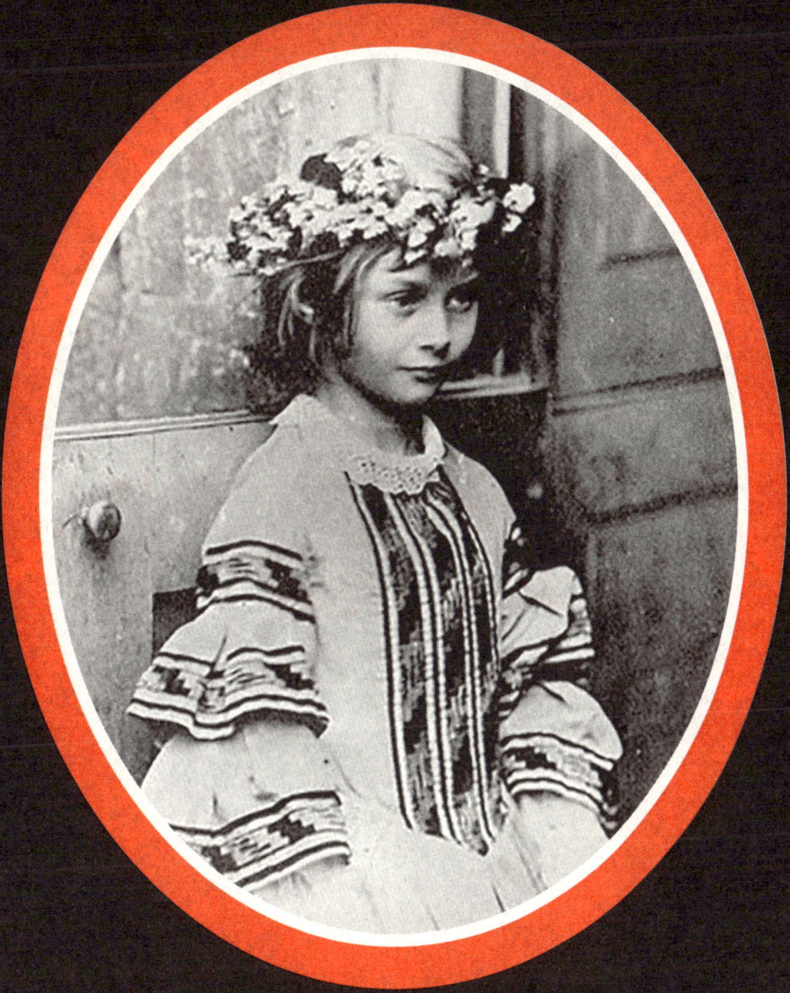

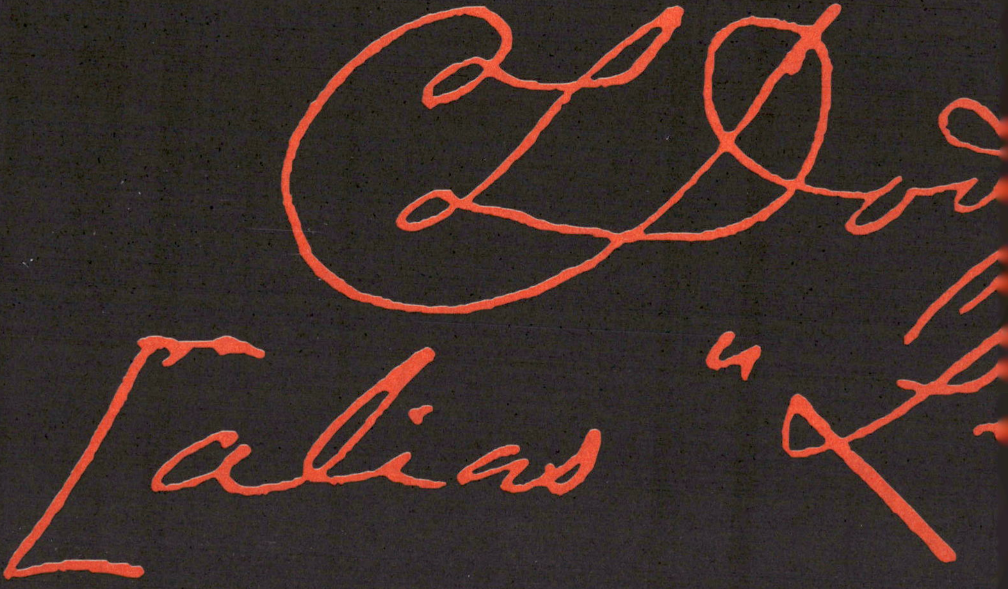
alias

RED

WHITE.

DRAMATIS PERSONÆ
(Como dispostos antes do início do jogo)

BRANCO		VERMELHO	
Personagens	Peões	Personagens	Peões
Tweedledee	Margarida	Margarida	Humpty Dumpty
Unicórnio	Lerbe	Mensageiro	Carpinteiro
Ovelha	Ostra	Ostra	Morsa
Rainha Branca	Lírio	Lírio-Tigre	Rainha Vermelha
Rei Branco	Corça	Rosa	Rei Vermelho
Velho envelhecido	Ostra	Ostra	Corvo
Cavaleiro Branco	Chaplero	Sapo	Cavaleiro Vermelho
Tweedledum	Margarida	Margarida	Leão

1. Alice encontra Rainha Vermelha	1. Rainha Vermelha passa para a 4ª casa da Torre do Rei
2. Alice passa pela 3ª casa da Rainha Vermelha (de trem) e chega na 4ª casa da Rainha (Tweedledum e Tweedledee)	2. Rainha Branca passa para a 4ª casa do Bispo da Rainha (atrás do xale)
3. Alice encontra Rainha Branca (com o xale)	3. Rainha Branca passa para a 5ª casa do Bispo da Rainha (se transforma em ovelha)
4. Alice passa para a 5ª casa da Rainha (loja, lago, loja)	4. Rainha Branca passa para a 8ª casa do Bispo do Rei (deixa ovo na prateleira)
5. Alice vai para a 6ª casa da Rainha (Humpty Dumpty)	5. Rainha Branca passa para a 8ª casa do Bispo da Rainha (fugindo do Cavaleiro Vermelho)
6. Alice vai para a 7ª casa da Rainha (floresta)	6. Cavaleiro Vermelho passa para a 2ª casa do Rei (xeque)
7. Cavaleiro Branco toma o Cavaleiro Vermelho	7. Cavaleiro Branco passa para a 5ª casa do Bispo do Rei
8. Alice passa para a 8ª casa da Rainha (coroação)	8. Rainha Vermelha passa para casa do Rei (exame)
9. Alice se torna Rainha	9. Rainhas rocam
10. Alice roca (banquete)	10. Rainha Branca passa para a 6ª casa da Torre da Rainha (sopa)
11. Alice toma Rainha Vermelha e ganha.	

RED

WHITE.

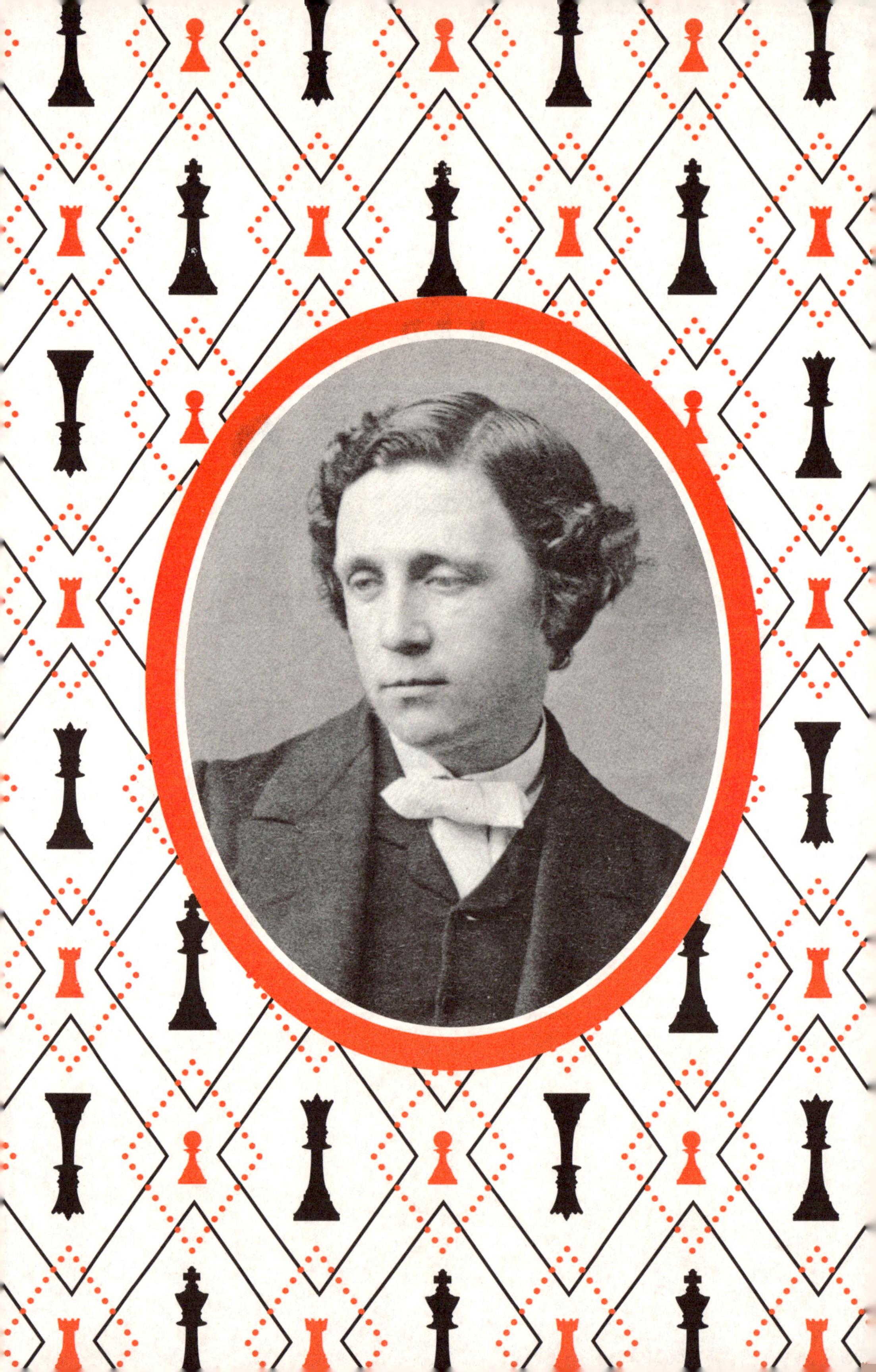

NOTA DO AUTOR

Como o enigma de xadrez intrigou alguns leitores, cabe explicar que obedece corretamente as regras no que diz respeito aos movimentos. A alternância entre Vermelho e Branco talvez não tenha sido observada de forma muito estrita e o 'roque' das três Rainhas foi apenas um modo de informar que entraram no palácio; no entanto, o 'xeque' do Rei Branco no sexto lance, a captura do Rei Vermelho no sétimo e o 'xeque-mate' final do Rei Vermelho estão estritamente de acordo com as regras do jogo, como qualquer um que se dê ao trabalho de arrumar as peças e testar as jogadas pode comprovar.

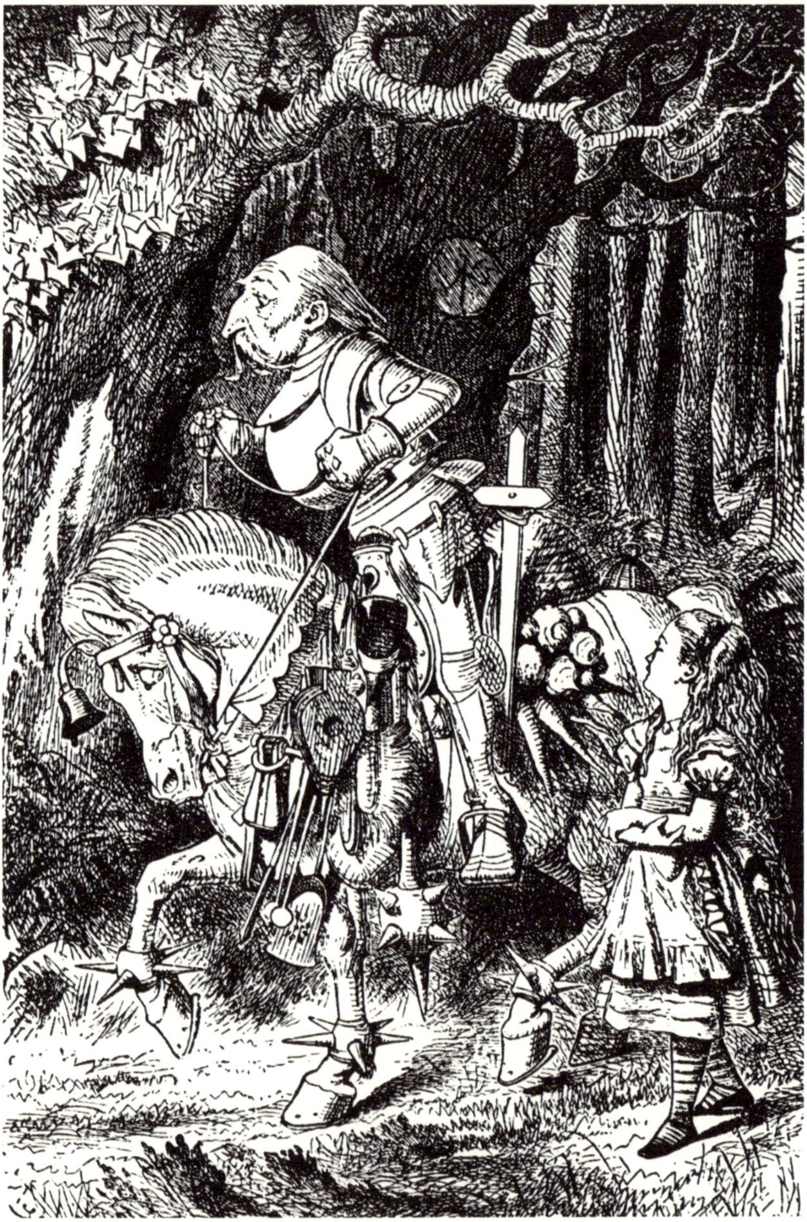

ALICE através do ESPELHO

Lewis Carroll

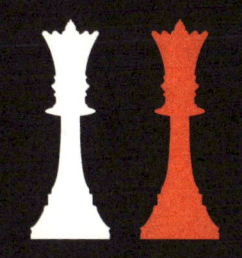

DARKSIDE

Criança da fronte desanuviada
E do olhar aceso de alegria,
O tempo em lepidez desenfreada
Separa-nos como a noite do dia.
Acolha com doçura sem mácula
A oferenda sincera desta fábula.

Há muito não contemplo sua face,
Nem ouço sua risada de festim.
A memória é criatura rapace,
Tu logo esquecerás de mim.
Por ora, basta-me saber
Que este conto vai entreter.

Relato de nossos dias de outrora
Banhados pelo sol dourado,
Quando esquecíamos a hora,
Remando lado a lado.
Ainda a lembrança me aquece,
Embora os anos insistam: "Esquece!".

Ouça, antes que chamado aziago,
Provindo de voz medonha,
Convide para deitar ao seu lado
Uma donzela tristonha!
Somos crianças grandes, meu bem,
A lamentar o sono que não vem.

Lá fora, frio, neve espessa,
A fúria da tempestade inclemente;
Aqui dentro, lareira acesa,
Ninho de aconchego, bem quente.
Um conto mágico para esquecer
O inverno que nos faz sofrer.

E ainda que um suspiro triste
Ecoe pela minha história,
Saudoso do que não mais existe,
A lembrar da antiga glória,
A tristeza desconhece as trilhas
Do seu país das maravilhas.

ALICE

CAPÍTULO I

A CASA DE ESPELHOS

UMA COISA ERA CERTA: A GATINHA BRANCA era inocente e a culpa era toda da gatinha preta. A velha gata lambia o rosto da gatinha branca havia mais de quinze minutos, de modo que, de olhos fechados (e suportando bem o banho), a pobrezinha não podia ser acusada de nada.

Diná lavava o rosto dos filhotes da seguinte maneira: primeiro, apoiava a pata na orelha do filhote, depois, com a pata livre, lambia o rosto inteiro ao contrário, começando pelo focinho. Agora há pouco, como disse, estivera concentrada na filhotinha branca que, deitada bem quietinha, tentava ronronar e se convencer de que tudo aquilo era para seu próprio bem.

Mas a gatinha preta, que já tomara banho mais cedo, aproveitou que Alice estava acomodada na poltrona (meio falando sozinha, meio cochilando) para fazer bagunça com o novelo de lã que a menina estivera penando para desenrolar. Chutara-o para lá e para cá, atando e desatando fios, até espalhá-lo por completo e terminar enredada no meio do tapete, correndo atrás do próprio rabo.

"Ah, sua pestinha!", gritou Alice, apanhando a gatinha e a beijando, para deixar claro que tinha feito bobagem.

"Francamente, Diná deveria ter te educado melhor! Deveria, Diná, você sabe que tenho razão!", acrescentou, fitando a velha gata com olhar de censura e esforçando-se para manter o tom zangado na voz. Alice voltou para a poltrona, carregando a gatinha e o novelo, e pôs-se a desenrolar a lã novamente. Não avançou com muita agilidade, porém, pois não parava de falar, às vezes com a gatinha, outras vezes com ela mesma. Gatita, muito comportada em seus joelhos, fingia acompanhar o processo, esticando a patinha de vez em quando para tocar gentilmente o novelo, como se quisesse mostrar que a ajudaria, se pudesse.

"Você sabe que dia é amanhã, Gatita?", perguntou Alice. "Saberia se estivesse na janela comigo. Mas Diná estava te dando banho, não é mesmo? Bem, vi os meninos apanhando lenha para a fogueira. E bota lenha nisso! Mas tiveram que parar, por causa do frio e da neve. Não tem problema, Gatita, amanhã nós vamos ver a fogueira!", exclamou, experimentando um pedaço da lã em volta do pescoço da gata, que reagiu agitada, derrubou o novelo pelo chão e o desenrolou mais uma vez.

"Sabe, fiquei muito zangada, Gatita", prosseguiu Alice, assim que se acomodaram de volta. "Quando vi a bagunça que você estava fazendo, tive vontade de abrir a janela e pôr você lá fora, na neve! Era o que você merecia, minha querida gatinha levada! O que tem a dizer em sua defesa? Não me interrompa!", continuou com o dedo em riste. "Vou listar todas as suas infrações. Primeira: gritou duas vezes hoje enquanto Diná lavava seu rosto. Não adianta negar, Gatita: eu ouvi! O quê?", perguntou Alice, como se a gatinha tivesse falado algo. "Ah, a patinha dela machucou seu olho? Bem, a culpa é sua, quem mandou ficar de olhos abertos? Se estivessem fechados, isso não teria acontecido. Não invente desculpas, apenas ouça! Segunda: puxou Floquinho pelo rabo, que eu vi, assim que coloquei a tigela de leite para ele! O quê? Estava com sede, não é? E como sabe que ele também não estava? E, terceira: desenrolou todo o novelo quando me distraí!

"São três infrações, Gatita, e você não foi castigada por nenhuma delas ainda. Saiba que estou guardando tudo para quarta-feira que vem. Imagina se tivessem guardado todos os meus castigos!", ponderou Alice, falando mais sozinha do que com a gata. "Como seria no fim do ano? Acho que teriam que me mandar para a cadeia. Ou então, se a cada castigo fosse ficar sem jantar... Quando finalmente chegasse o dia do castigo, ficaria sem uns cinquenta jantares! No fim, nem seria assim tão ruim! Prefiro ficar sem cinquenta jantares do que comer cinquenta pratos de uma vez!"

"Está ouvindo, Gatita, a neve contra a janela? Tão macia e delicada! Como se alguém beijasse o vidro lá fora! Será que a neve ama as árvores e os campos, e os beija com carinho? Depois os cobre bem cobertos, como se fosse uma colcha branquinha, e quem sabe talvez diga: 'Bons sonhos, meus amores, durmam bem até o verão chegar'. E quando acordam no verão, Gatita, se vestem todos de verde e dançam com o vento... Ah, é tão lindo!", exclamou Alice, derrubando o novelo de lã para bater palmas.

"Como gostaria que fosse verdade! Mas sei que os bosques ficam sonolentos no outono, quando as folhas começam a escurecer.

"Gatita, você joga xadrez? Não ria, meu amor, é sério. Quando estávamos jogando há pouco, você olhava como se entendesse... E quando disse 'Xeque!', você ronronou! De fato, foi uma excelente jogada, Gatita, e teria vencido se não fosse o maldito Cavaleiro que se meteu no meio das minhas peças. Gatita, meu bem, vamos fingir..."

Faço uma pausa para comentar que adoraria relatar para vocês as coisas que Alice inventava, começando com sua frase favorita: 'Vamos fingir'. Na véspera, ela tivera uma longa discussão com a irmã, tudo porque Alice dissera 'Vamos fingir que somos reis e rainhas' e sua irmã, que gostava das coisas muito bem explicadas, argumentara que isso era impossível com apenas duas pessoas. Por fim, Alice se viu obrigada a dizer: ‹Bem, você escolhe um só então e eu sou o restante›. Certa vez, ela dera um baita susto na velha ama gritando de repente em sua orelha: ‹Ama! Vamos fingir que sou uma hiena faminta e você, um osso›."

Mas voltemos à conversa de Alice com a gatinha.

"Vamos fingir que você é a Rainha Vermelha, Gatita! Se ficar sentada, com as patinhas cruzadas, vai ficar igualzinha a ela. Vamos, meu amor, não custa nada tentar!" Alice então tirou a Rainha Vermelha do tabuleiro e a colocou diante da gatinha, para que servisse de modelo. O plano, no entanto, não deu certo; sobretudo, concluiu Alice, pela incapacidade da gata de cruzar as patinhas. Para puni-la, Alice a colocou diante do espelho, para ver como estava desajeitada. "E se você não se comportar direitinho", acrescentou, "vou te colocar dentro da Casa de Espelhos. Não vai ser nada bom, não é mesmo?"

"Se ficar quietinha escutando, Gatita, sem interromper, vou te contar o que sei sobre a Casa de Espelhos. Primeiro, tem o cômodo que pode ser visto pelo espelho, que é igualzinho ao nosso, só que lá as coisas estão do lado inverso. Consigo ver tudo se subir na poltrona; tudo menos o fundo da lareira. Poxa, gostaria tanto de ver essa parte! Queria saber se acendem a lareira no inverno: não dá para saber, a não ser que a nossa esteja acesa, com a fumaça subindo, e a fumaça suba no outro cômodo também... mas pode ser de mentirinha, só de faz de conta. Bem, os livros são bem parecidos com os nossos, a única diferença é que as palavras estão ao contrário. Sei disso porque, quando coloquei um dos livros na frente do espelho, fizeram a mesma coisa do lado de lá.

"Você gostaria de viver na Casa de Espelhos, Gatita? Será que te dariam leite? Talvez o leite na Casa de Espelhos não seja bom... Ah, Gatita, agora chegamos ao corredor. Dá para espiar um pedacinho na Casa de Espelhos, se deixar a porta da sala bem aberta. Até onde se vê, é bem parecida com a nossa... se bem que lá dentro pode ser bem diferente. Ah, Gatita! Como seria maravilhoso se conseguíssemos entrar no espelho! Tenho certeza de que lá dentro existem coisas lindas!

"Vamos fingir que existe um jeito de atravessar para o outro lado, Gatita. Vamos fingir que o espelho ficou macio como gaze, e que podemos passar para o outro lado. Olhe só, está meio embaçado, de verdade! Vai ser fácil atravessar...", disse Alice, de pé no console da lareira, sem saber ao certo como havia chegado ali. O espelho de fato começou a derreter, como vívida bruma prateada.

Num segundo, Alice atravessou o espelho e aterrissou suavemente no cômodo do outro lado. A primeira coisa que fez foi verificar se a lareira estava acesa. Constatou, para sua alegria, que sim: havia chamas de verdade, que ardiam tão vivamente quanto a que acabara de deixar. "Vou ficar tão aquecida aqui quanto estava lá em casa", pensou. "Na verdade, mais aquecida ainda, pois não tem ninguém para me mandar ficar longe do fogo. Ah, como vai ser divertido quando me acharem dentro do espelho e não conseguirem me pegar!"

Então, se pôs a olhar a sua volta e notou que tudo que dava para ver do velho cômodo era bastante comum e desinteressante, mas o restante era absolutamente diferente. Por exemplo, os quadros na parede ao lado da lareira pareciam vivos, e o relógio no console (cuja única parte visível pelo espelho era o fundo) tinha o formato do rosto de um velho sorridente.

"Eles não arrumam este lugar tão bem quanto o outro", pensou Alice ao notar várias peças de xadrez entre as cinzas da lareira. Agachou-se para observá-las melhor e, para sua surpresa, viu que caminhavam em duplas!

"Eis o Rei Vermelho e a Rainha Vermelha", disse Alice (bem baixinho, com medo de assustá-los). "E ali estão o Rei Branco e a Rainha Branca, sentados na pá da lareira... Duas Torres caminham de braços dados... Acho que não me ouvem", comentou, abaixando a cabeça, "e tenho quase certeza de que não estão me vendo também. Parece que sou invisível..."

Foi aí que Alice ouviu um ruído de trás na mesa e virou a cabeça bem a tempo de ver um dos Peões Brancos rolar e espernear: observou, curiosíssima, para ver o que aconteceria em seguida.

"É a voz da minha filhinha!", gritou a Rainha Branca, e passou correndo pelo Rei tão atordoada que acabou por derrubá-lo entre as cinzas. "Minha preciosa Lily! Minha gatinha imperial!", exclamou, subindo loucamente pela lateral da grade do guarda-fogo.

"Maluquice imperial, isso sim!", reclamou o Rei, esfregando o nariz que machucara na queda. Devia estar um tantinho chateado com a Rainha, pois o tombo o cobrira de cinzas, da cabeça aos pés.

Alice ficou doida para ajudá-la e, ao ver a pobre Lily se esgoelar de tanto chorar, apanhou depressa a Rainha e a colocou na mesa ao lado da escandalosa filhinha.

A Rainha se acomodou, ofegante: o súbito deslocamento a deixara sem ar e, por alguns instantes, não conseguiu fazer nada além de abraçar a pequena Lily em silêncio. Porém, assim que recobrou o fôlego, gritou para o Rei Branco, que continuava amuado no meio das cinzas: "Cuidado com o vulcão!".

"Que vulcão?", perguntou o Rei, olhando apavorado para a lareira, o lugar mais provável de onde o vulcão poderia emergir.

"Ora, me catapultou até aqui", explicou a Rainha, ainda ofegante. "Suba do jeito normal, cuidado para não ser carregado pelos ares também!"

Alice observou o Rei Branco avançar lentamente, em etapas. Por fim, não mais capaz de se conter, disse: "Neste ritmo, o senhor vai demorar horas até alcançar a mesa. Melhor ajudá-lo, não acha?". O Rei, porém, não teve reação: estava mais do que claro que nenhum deles podia ouvi-la nem vê-la.

Alice o apanhou com muito cuidado e o transportou mais devagar do que fizera com a Rainha, para não deixá-lo igualmente sem ar. Antes de colocá-lo na mesa, decidiu limpá-lo um pouco, pois estava coberto de cinzas.

Mais tarde Alice diria que jamais, em toda a vida, vira algo semelhante à expressão do Rei ao se ver transportado pelo ar e depois espanado por uma mão invisível. Ele ficou tão apavorado que sequer conseguiu emitir um único som, mas de tal maneira arregalou os olhos e abriu a boca que Alice, às gargalhadas, quase o deixou cair de tanto que sacudiu a mão.

"*Por favor*, não me faça essas caretas!", exclamou ela, esquecendo-se completamente que o Rei não conseguia ouvi-la. "Não me aguento de tanto rir e mal consigo segurar o senhor direito! E não abra tanto a boca! Vai engolir as cinzas... Pronto, pronto... Agora está limpinho!", acrescentou, ajeitando o cabelo do Rei e o colocando na mesa ao lado da Rainha.

O Rei tombou imediatamente para trás e ficou caído, imóvel. Preocupada, Alice vasculhou o cômodo em busca de água para jogar nele. Encontrou apenas um vidro de tinta e, quando voltou para acudir o Rei, viu que ele já estava de pé e cochichava com a Rainha, muito assustado. Falavam tão baixo que Alice mal ouvia o que diziam.

O Rei falava: "Juro, minha cara, fiquei arrepiado até a ponta dos bigodes!".

Ao que a Rainha respondeu: "Mas você nem tem bigodes".

"*Jamais* vou me esquecer", prosseguiu ele. "Que sensação aterradora!"

"Vai acabar esquecendo", disse a Rainha, "se não anotar no caderno."

Muito interessada, Alice observou o Rei sacar um caderno do bolso e anotar. Uma ideia lhe ocorreu e, segurando a ponta do lápis que se estendia pelo ombro do Rei, escreveu por ele.

O pobre Rei, sem entender o que se passava e visivelmente contrariado, lutou com o lápis em silêncio por um tempo. Como Alice era mais forte, por fim ele exclamou, ofegante: "Minha querida, preciso de um lápis mais fino. Não consigo usar este, que escreve coisas que não quero...".

"Que coisas?", perguntou a Rainha, espiando o caderno (no qual Alice anotara: "*O Cavaleiro Branco escorrega pelo atiçador de lareira. Tem péssimo equilíbrio*".). "Mas você não anotou o que estava *sentindo*!".

Sobre a mesa perto de Alice havia um livro e, enquanto ela permanecia sentada observando o Rei Branco (ainda um tantinho preocupada com ele e mantendo o vidro de tinta à mão, em caso de desmaio), pôs-se a folhear as páginas, buscando algo para ler. "Mas está todo escrito em uma língua que não conheço", concluiu ela.

Era assim:

O D I P È L U R R Á G

soduvuot seuguozagep e aizuhlirB
ahnedrevler a mavanovac e mavacsoriG
soduhnitahc mavatse soiagarlap sO
ahnezagla me mavaviu socitárremam E

Ela analisou o trecho por um tempo, até que, finalmente, a ideia a atingiu como um raio. "Ora, mas é claro! Os livros aqui são todos ao contrário! Se o colocar diante do espelho, as palavras vão ficar no sentido certo!"

Este foi o poema que Alice leu:

GARRULÉPIDO

Brilhuzia e pegazougues touvudos
Giroscavam e cavonavam a relverdenha
Os palragaios estavam chatinhudos
E mamerráticos uivavam em algazenha.

"O Garrulepe, meu filho, é um perigo!
Presas que agarram, garras que prendem!
Corra do passárave Sav Sav, ouça o que digo
E fuja do furraivoso Grudementem!"

Apanhou sua espada vorpanheira
E massacrou o inimigo manesundo
Parado junto à árvore Vavoreira
Deixou-se descansar por um segundo.

Enquanto repousava distransido
Surgiu o Garrulepe, rútilo de gana
Nas entranhas do bosque Tulgido
A borluscar de maneira insana!

Um, dois! Ele avança e corta
Com a vorpanheira afinhante
A cabeça da criatura morta
E com ela regressa, galofante.

"Então o Garrulepe está morto!
Dê-me um abraço, menino corajudo
Ó dia fabulhoso! Viva! Vivoso!"
Gargalhia ele, rubicundo.

Brilhuzia e pegazougues touvudos
Giroscavam e cavonavam a relverdenha
Os palragaios estavam chatinhudos
E mamerráticos uivavam em algazenha.

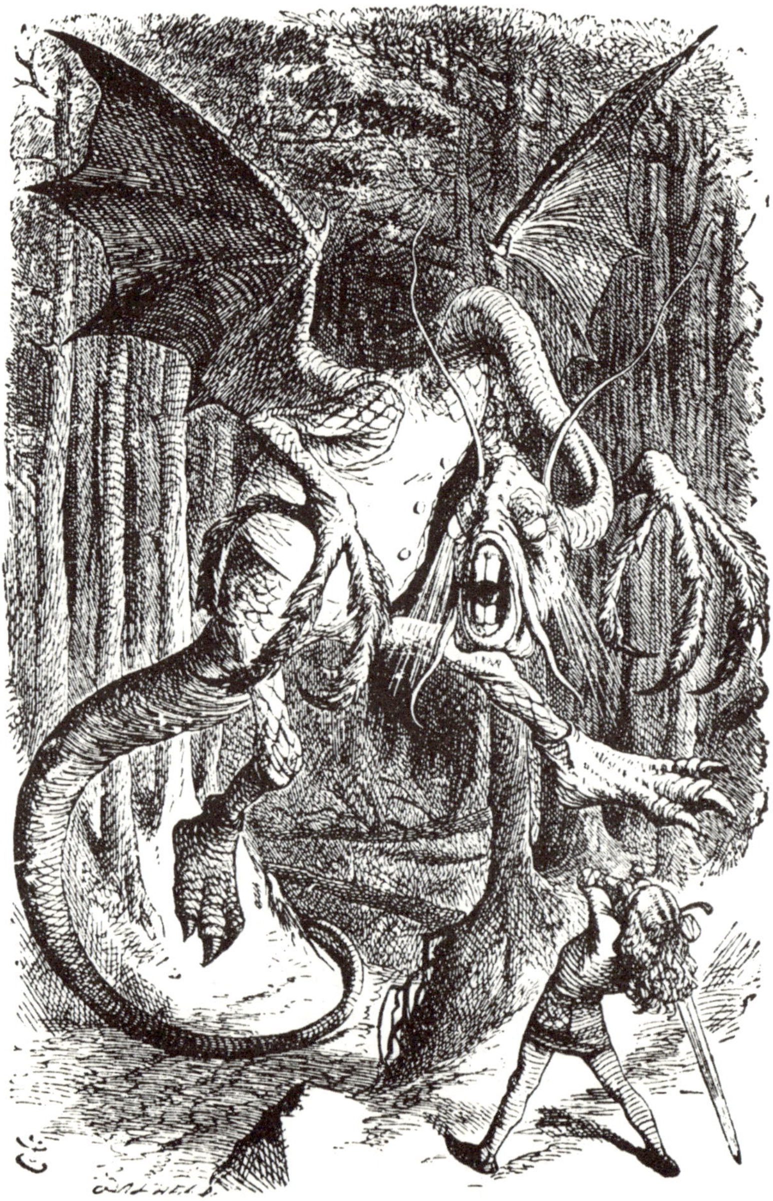

"Parece muito bonito", disse ao terminar de ler o poema, "mas é um pouquinho difícil de entender!" (Pois, vejam vocês, ela não queria confessar, nem mesmo para si, que não tinha entendido uma só palavra.) "Sinto que encheu minha cabeça de ideias, mas não faço ideia do que se trata! Sei que alguém matou algo; pelo menos isso está claro..."

Alice levantou-se num pulo. "Meu Deus! Se não me apressar, vou ter que voltar pelo espelho antes de ver o resto da casa! Acho que vou ver o jardim primeiro!"

Saiu em disparada do cômodo e desceu correndo as escadas — na verdade, explicou Alice para si mesma, não foi exatamente correndo, e sim um novo método para descer as escadas de maneira fácil e rápida: apenas com os dedos no corrimão, flutuou sem tocar os degraus. Continuou flutuando pelo corredor e teria saído porta afora do mesmo modo se não tivesse se apoiado na soleira. Tonteava de tanto flutuar, e foi um alívio voltar a andar normalmente, com os pés no chão.

ALICE

CAPÍTULO 2

O JARDIM DAS FLORES VIVAS

"**V**OU APRECIAR MELHOR O JARDIM SE PUDER alcançar o topo daquela colina...", Alice falou para si mesma. "Esta trilha parece dar direto lá... Bem, não exatamente *direto*...", disse após seguir por alguns metros e ver que a trilha fazia curvas bruscas. "Acho que estou no caminho certo. Mas que curvas estranhas! Mais parece um saca-rolhas! Bem, aposto que virando aqui chego à colina... Nada! Dá na casa de volta! Bem, vou tentar pelo outro lado."

E lá foi ela: vagava de um lado para o outro, dobrava a cada curva; porém, não importava o caminho escolhido, sempre voltava para a casa. Em uma das tentativas, ao fazer uma curva mais depressa do que de costume, chegou até a colidir com a casa, dando literalmente de cara na porta.

"Nem pensar", reclamou Alice, olhando para a casa como se ralhasse com ela. "Não vou entrar ainda. Sei que preciso atravessar o espelho de novo e voltar para o cômodo antigo, mas, se fizer isso, será o fim das minhas aventuras!"

Muito decidida, a menina deu as costas para a casa e insistiu em percorrer a trilha, determinada a seguir reto até alcançar a colina. Por um tempo, o plano pareceu funcionar, e justamente dizia: "Desta vez, vou fazer diferente...", quando uma curva súbita fez tremer a terra (tal como ela descreveu depois) e, do nada, Alice mais uma vez deu de cara na porta.

"Mas que inferno!", exclamou. "Nunca vi casa tão inconveniente! Nunca, em toda a minha vida!"

No entanto, lá estava a colina, e não havia nada a fazer exceto recomeçar tudo. Desta vez, ela topou com um imenso canteiro de flores, rodeado por margaridas, com um salgueiro bem no meio.

"Oi, Lírio-Tigre", cumprimentou Alice, dirigindo-se a uma das flores que a brisa sacudia graciosamente. "Ah, como gostaria que soubesse falar!"

"Eu sei", respondeu o Lírio-Tigre, "desde que haja alguém por perto com quem valha a pena conversar."

Alice ficou tão surpresa que sequer conseguiu responder de imediato: estava sem ar. O Lírio-Tigre continuou balançando ao vento até que, finalmente, Alice perguntou baixinho, muito tímida:

"E todas as flores falam?"

"Como todo mundo", respondeu o Lírio-Tigre. "E falam bem alto, por sinal."

"Não é lá muito educado puxarmos conversa, sabe", comentou a Rosa. "Eu estava só esperando você falar! Pensei com meus botões: 'O rosto dela parece ter vida, embora não uma vida lá muito inteligente!'. Seja como for, você tem a cor certa, e isso já ajuda bastante."

"Não ligo para cores", comentou o Lírio-Tigre. "Se as pétalas dela fossem um pouquinho mais encurvadas, não seria de todo mal."

Alice, que não suportava ser criticada, mudou de assunto:

"Vocês não têm medo de ficar aqui plantadas, sem ninguém que cuide?"

"Temos a árvore aí no meio", respondeu a Rosa. "Para que acha que ela serve?"

"Mas de que adianta uma árvore, em caso de perigo?", indagou.

"Ela assusta os outros!", gritou uma Margarida. "Não há melhor quebra-galho!"

"Não sabia disso?", perguntou outra Margarida. Então começou a balbúrdia e todas as flores falaram ao mesmo tempo, com vozes esganiçadas.

"Silêncio, todas vocês!", ordenou o Lírio-Tigre, agitando-se de um lado para o outro, frenético. "Elas sabem que não posso chegar perto!", exclamou, ofegante, inclinando-se na direção de Alice. "Caso contrário, não ousariam!"

"Não tem problema!", contemporizou Alice, para acalmar o Lírio. Pisou firme, se aproximou das margaridas que já retomavam o alarido e ameaçou, num sussurro: "Se não calarem a boca, vou colher vocês!".

Fez-se um breve silêncio e diversas margaridas rosadas ficaram brancas como papel.

"Muito bem!", disse o Lírio-Tigre. "As margaridas são as piores: quando uma fala, todas querem falar junto, e é tão enlouquecedor que a gente murcha só de pensar!"

"Como aprenderam a falar tão bem?", perguntou Alice, na esperança de acalmar o Lírio com um elogio. "Já estive em muitos jardins, mas nunca em um jardim com flores falantes!"

"Coloque a mão no chão e sinta o solo", disse o Lírio. "Você vai entender o porquê."

Alice obedeceu.

"É muito firme", disse, "mas não entendo o que uma coisa tem a ver com a outra."

"Na maioria dos jardins", explicou o Lírio-Tigre, "a terra é muito fofa. Com tanto conforto, as flores só dormem."

Parecia um motivo coerente, e Alice ficou satisfeita com a descoberta. "Nunca tinha pensado nisso!", exclamou.

"Tenho para mim que você nunca *pensou*", disse a Rosa, em tom ríspido.

"Ela parece a pessoa mais burra que já vi na vida", comentou uma Violeta que até então estivera muda, e foi tão inesperado que Alice se assustou.

"Cale a boca!", gritou o Lírio-Tigre. "Como se *você* visse alguém! Vive com a cabeça enfiada embaixo das folhas, roncando a sono solto! Sabe tanto o que se passa no mundo quanto uma mudinha!"

"Tem mais gente aqui além de mim?", perguntou Alice, decidida a ignorar o último comentário da Rosa.

"Tem outra flor no jardim que pode andar, como você", respondeu a Rosa. "Não sei como conseguem..."

"Você nunca sabe nada", interrompeu o Lírio-Tigre.

"Mas ela tem mais folhas", prosseguiu a Rosa.

"É parecida comigo?", perguntou Alice, entusiasmada, pensando: Tem outra menina aqui fora no jardim!

"Bem, ela tem o mesmo formato esquisito", disse a Rosa, "só que é mais vermelha... E parece ter pétalas menores."

"As pétalas dela são mais fechadinhas, mais altas, quase como a dália", interrompeu o Lírio-Tigre, "não assim todas espalhadas, como as suas."

"O que não é culpa sua", acrescentou a Rosa gentilmente. "Você já começou a murchar... Nessa época, é natural e inevitável que as pétalas fiquem um pouquinho bagunçadas."

Alice não gostou nadinha da comparação e, para mudar o assunto, perguntou:

"E ela costuma vir para cá?"

"Ouso dizer que a verá em breve", disse a Rosa. "Ela é bem espinhosa."

"E onde ela tem espinhos?", perguntou a curiosa menina.

"Ora, na cabeça, é claro", respondeu a Rosa. "Achei que você também tivesse. Pensei que fosse a norma entre vocês."

"Lá vem ela!", gritou o Delfino. "Ouço seus passos, tum, tum, tum, pisando firme no cascalho!"

Alice virou-se, ansiosa para ver de quem se tratava, e descobriu que era a Rainha Vermelha. "Ela cresceu bastante!", foi o primeiro pensamento que lhe ocorreu. E era verdade: quando Alice a encontrara nas cinzas, a Rainha media apenas sete centímetros; agora, era mais alta do que ela!

"É o ar fresco", explicou a Rosa. "O ar aqui fora é maravilhoso."

"Acho que vou me apresentar", comentou Alice, pensando que, embora as flores fossem muito interessantes, conversar com uma Rainha de verdade seria ainda mais extraordinário.

"Você não deve fazer isso, de jeito nenhum", instruiu a Rosa. "Na verdade, acho que deveria fugir enquanto é tempo."

Alice não levou a Rosa muito a sério e por isso não lhe disse nada, mas avançou imediatamente na direção da Rainha Vermelha. Para sua surpresa, perdeu-a de vista por um instante e viu-se novamente na porta de entrada da casa.

Um pouco irritada, Alice deu um passo para trás e, depois de olhar ao seu redor em busca da Rainha (e por fim avistá-la, ao longe), decidiu fazer diferente e caminhar na direção oposta.

O plano foi muitíssimo bem-sucedido e, em menos de um minuto de caminhada, viu-se cara a cara com a Rainha Vermelha e diante da colina que tanto queria alcançar.

"De onde você veio?", indagou a Rainha Vermelha. "E para onde vai? Levante a cabeça, responda com educação e pare de mexer tanto os dedos."

Alice obedeceu a todas as ordens e explicou, tão bem quanto pôde, que perdera seu caminho.

"Não sei o que quer dizer com 'seu' caminho", disse a Rainha. "Todos os caminhos aqui são meus, mas o que você veio fazer aqui fora, afinal?", indagou em tom mais gentil. "Faça uma reverência enquanto pensa na resposta, para ganhar tempo."

Alice refletiu um instante sobre a frase, mas estava encantada demais com a Rainha para contestá-la. "Vou tentar esse método quando voltar para casa", pensou, "da próxima vez que estiver atrasada para o jantar."

"Está passando da hora de responder", disse a Rainha, consultando seu relógio. "Abra bem a boca quando falar e sempre diga 'vossa majestade'."

"Só queria ver como era o jardim, vossa majestade..."

"Muito bem", disse a Rainha, dando um tapinha na cabeça de Alice (o que a menina não gostou nem um pouco). "No entanto, o que chama de 'jardim'... comparado aos que já vi, isto aqui não passa de matagal."

Alice não ousou contestar e prosseguiu: "Queria também alcançar o topo daquela colina...".

"Quando diz 'colina'", interrompeu a Rainha, "comparada às colinas que já vi, aquilo não passa de um vale."

"Isso não", retrucou Alice, surpresa por enfim contradizer a Rainha. "Uma colina não tem *nada a ver* com um vale e compará-los seria um disparate..."

A Rainha Vermelha sacudiu a cabeça.

"Pode chamar de 'disparate' à vontade", disse. "Mas perto dos disparates que já ouvi, tal comparação seria tão certeira quanto um dicionário!"

Ao perceber pelo tom de voz da Rainha que ela parecia um *pouco* ofendida, Alice fez outra reverência. Caminharam em silêncio até o topo da colina.

Durante alguns minutos, Alice ficou parada, sem dizer nada, observando a paisagem da região. E era uma região bastante peculiar, dividida em quadrados de terra demarcados por cercas verdes e entrecortados por minúsculos riachos.

"Ora essa, não é que parece um imenso tabuleiro de xadrez!", exclamou Alice, por fim. "Capaz de ter até mesmo as peças se mexendo em algum lugar... Ah! Lá estão elas!", acrescentou, encantada, sentindo o coração vibrar de euforia a cada nova descoberta. "É um imenso jogo de xadrez, jogado pelo mundo inteiro... se isso for o mundo, é claro. Poxa, que divertido! Como gostaria de participar! Sequer ligaria de ser um Peão, se ao menos pudesse jogar também... Embora, é claro, preferiria ser a Rainha."

Olhou timidamente de soslaio para a verdadeira Rainha, que sorriu com simpatia e disse:

"Isso é fácil. Você pode ser o Peão da Rainha Branca, se quiser, já que Lily ainda é muito novinha para jogar. Você começa na Segunda Casa e, quando chegar à Oitava, será Rainha..."

Naquele exato momento, do nada, elas duas começaram a correr.

Olhando em retrospecto, Alice jamais conseguiu explicar exatamente como tudo começou: lembrava-se apenas que dispararam de mãos dadas e que a Rainha corria tão depressa que não lhe restara alternativa a não ser acompanhá-la. Mesmo assim, a Rainha continuava gritando: "Mais rápido! Mais rápido!", e Alice sentia que não conseguia ir mais depressa, embora estivesse sem fôlego para protestar.

O mais estranho é que, ao redor, as árvores e a paisagem continuavam exatamente iguais: por mais que avançassem, era como se nada mudasse de lugar. "Não era para as coisas se moverem conosco?", pensou a pobre menina, muito intrigada. A Rainha parecia ler seus pensamentos, pois gritou: "Mais rápido! Não tente falar!".

Não que Alice tivesse intenção de emitir qualquer som. Sentia como se nunca mais fosse conseguir falar, de tão ofegante que estava. Ainda assim, a Rainha continuava a gritar ordens — "Mais rápido! Mais rápido!" — e a puxar Alice pelo braço.

"Falta muito ainda?", perguntou a menina num fiapo de voz.

"Muito ainda?", repetiu a Rainha. "Ora, chegamos há dez minutos! Mais rápido!" E assim foram, correndo mais um tempo em silêncio, com o vento soprando nos ouvidos de Alice e dando a impressão de que iria arrancar seus cabelos.

"Vamos! Vamos!", gritou a Rainha. "Mais rápido! Mais rápido!" E seguiram tão depressa que pareciam deslizar pelo ar, mal tocando os pés no solo — até que, de repente, pararam justo no momento em que Alice, no auge do cansaço, viu-se sentada no chão, ofegante e atordoada.

A Rainha recostou-se em uma árvore e disse, muito gentil: "Pode descansar um pouco agora."

Alice a fitou, espantada: "Ora, tenho a impressão de que não saímos daqui esse tempo todo! Está tudo igualzinho a antes!".

"Claro que está", respondeu a Rainha, "o que você esperava?"

"Bem, no *nosso* país", disse ainda ofegante, "quando corremos nessa velocidade e por tanto tempo, geralmente chegamos a um lugar diferente."

"Mas que moleza de país!", exclamou a Rainha. "Já *aqui*, precisamos correr, e muito, para continuarmos no mesmo lugar. Se quer chegar a um lugar diferente, tem que correr pelo menos duas vezes mais depressa do que isso!"

"Por favor, não!", implorou Alice. "Estou bem satisfeita aqui... só com muito calor e muita sede!"

"Já sei do que precisa!", disse a Rainha, muito solícita, tirando uma caixinha do bolso. "Quer um biscoito?"

Alice achou que seria desfeita recusar, embora fosse a última coisa que quisesse naquele momento. Aceitou e comeu com muita dificuldade — o biscoito estava tão seco que Alice achou que fosse morrer engasgada.

"Enquanto se refresca", disse a Rainha, "vou tirar as medidas." Ela sacou a fita métrica do bolso e mediu o chão, fincando diminutas estacas em alguns pontos.

"Daqui a dois metros", disse, marcando a distância com a estaca, "vou lhe dar as instruções. Aceita outro biscoito?"

"Não, obrigada", agradeceu Alice. "Um já foi o bastante!"

"Matou a sede?", indagou a Rainha.

Alice não sabia ao certo como responder, mas por sorte a Rainha não esperou pela resposta. "Em três metros, vou repeti-las... tenho receio que esqueça. Em quatro, vou me despedir. E, em cinco, vou embora!"

Alice a observava, interessadíssima. Após posicionar todas as estacas, a Rainha voltou para a árvore e, de lá, seguiu lentamente pela fileira.

Na altura da estaca de dois metros, olhou para trás e disse:

"Um peão avança duas casas na primeira jogada, você sabe. Vá então bem depressa pela Terceira Casa (acho melhor pegar a ferrovia) e logo, logo chegará à Quarta Casa. Ela pertence a Tweedledum e Tweedledee... A Quinta é praticamente só água... A Sexta é de Humpty Dumpty... E você não comenta nada?"

"Ué, eu não sabia que deveria fazer algum...", justificou-se Alice.

"Você deveria ter dito: 'É muita gentileza sua me explicar tudo isso'. Bem, vamos fingir que falou. A Sétima Casa é só floresta... No entanto, deve encontrar um dos Cavaleiros... E, na Oitava, seremos nós duas, Rainhas, comemorando e nos divertindo!"

Alice se levantou, fez a reverência e tornou a se sentar.

Na estaca seguinte, a Rainha virou-se novamente e disse:

"Fale em francês quando não conseguir encontrar a palavra certa para algo... Ande com as pontas dos pés viradas para fora... e lembre-se de quem você é!"

Desta vez, a Rainha sequer esperou a reverência e saiu depressa para a estaca seguinte, onde fez uma pausa e olhou para trás para acenar adeus. Partiu então em disparada para a última estaca.

Alice nunca soube direito o que se passou, mas, quando a Rainha alcançou a última estaca, desapareceu. Foi um mistério: talvez tivesse simplesmente evaporado ou se embrenhado correndo pela floresta ("Correr é com ela mesmo!", pensou Alice). Fato é que sumiu. Alice lembrou-se então que era um Peão e que, em breve, precisaria fazer a primeira jogada.

ALICE

CAPÍTULO 3

OS INSETOS DO ESPELHO

A PRIMEIRA COISA A SER FEITA, OBVIAMENTE, era examinar com cautela a região onde estava prestes a se aventurar.

"É como aprender geografia", pensou Alice, empinando-se na ponta dos pés para ver melhor. "Principais rios: não há. Principais montanhas: estou na única, mas acho que não tem nome. Principais cidades: ora, que criaturas são aquelas, fazendo mel lá embaixo? Não podem ser abelhas... ninguém consegue enxergar uma abelha a um quilômetro de distância..." Por um tempo, permaneceu em silêncio, observando uma das criaturas zanzando pelas flores e enfiando sua probóscide, "igualzinho a uma abelha normal", pensou.

No entanto, era tudo menos uma abelha normal: na verdade, era um elefante, como Alice logo viria a descobrir, embora a constatação a tenha deixado inicialmente aturdida. "E que flores imensas devem ter!", foi a constatação seguinte. "Devem ser como chalés sem os tetos e produzir mel em grande quantidade! Acho que vou descer... Não, ainda não...", ponderou; ela já estava prestes a correr colina abaixo, mas se conteve, tentando encontrar uma desculpa para a súbita covardia. "Não posso me meter no meio deles sem um graveto para espantá-los... Como vai ser divertido quando me perguntarem o que achei do passeio! Vou responder: ‹‹Ah, foi ótimo››», pensou, sacudindo a cabeça daquele jeitinho que só ela sabia fazer. ‹‹Tirando a poeira, o calor e o trabalhão que os elefantes me deram!››

‹‹Acho que vou descer pelo outro lado››, concluiu após uma pausa. ‹‹É melhor visitar os elefantes depois. Além do mais, quero chegar logo à Terceira Casa!››

Satisfeita com a desculpa, desceu a colina às pressas e saltou por sobre o primeiro dos seis minúsculos riachos.

* * * * *
* * * *
* * * * *
* * * *
* * * * *
* * * *

‹‹Bilhetes, por favor!››, exigiu o Guarda, enfiando a cabeça na janela.

No momento seguinte, todos estavam com os bilhetes a postos: como eram do mesmo tamanho que as pessoas, encheram o vagão.

‹‹Alto lá! Onde está seu bilhete, menina?››, indagou o Guarda, com olhar severo para Alice. Logo, várias vozes se levantaram ao mesmo tempo (‹‹Como o refrão de uma música››, pensou Alice), gritando:

‹‹Não o faça esperar, menina! Ora, o tempo dele vale mil libras por minuto!››

‹‹Sinto muito, mas não tenho bilhete››, respondeu um tanto assustada. ‹‹Não passei por nenhuma bilheteria no caminho.›› O coro de vozes se levantou mais uma vez: ‹‹Não havia espaço para bilheteria por onde ela veio, aquela região vale mil libras o centímetro!››.

"Não me venha com desculpas", admoestou o Guarda. "Tinha que comprar seu bilhete com o maquinista." O coro se pronunciou novamente: "O condutor do trem. Ora, a fumaça do motor vale mil libras por baforada!".

Alice pensou consigo mesma: "Já vi que é melhor ficar calada". Desta vez, como ela não se pronunciou, as vozes permaneceram em silêncio, mas pensaram em coro (espero que entendam o que é um pensamento em coro, pois confesso que eu não entendo): "Melhor ficar mesmo calada, a linguagem vale mil libras por palavra!".

"Vou sonhar com essas mil libras hoje à noite, aposto!", pensou Alice.

Durante todo esse tempo, o Guarda não tirou os olhos dela; primeiro com um telescópio, depois com um microscópio e, por fim, com um binóculo. Só então disse: "Você está viajando na direção errada", fechou a janela e foi embora.

"Uma menina tão novinha", comentou o cavalheiro a sua frente (todo vestido de papel branco), "pode não saber o próprio nome, mas deveria saber para onde vai!"

Uma Cabra, sentada ao lado do cavalheiro de branco, fechou os olhos e exclamou bem alto: "Pode não saber o alfabeto, mas deveria saber chegar na bilheteria!".

Ao lado da Cabra, havia um Besouro (era um vagão bem esquisito, cheio de passageiros peculiares) e, como pareciam obedecer a uma regra que os levava a respeitar a vez de cada um se pronunciar, só então disse: "Ela vai ter que voltar despachada como bagagem!".

Alice não podia ver quem estava sentado depois do Besouro, mas uma voz rouca disse: "Troca de locomotiva...", no entanto, não conseguiu concluir a frase.

"Parece um asno", pensou a menina. E uma voz pequenina, quase inaudível, sussurrou no seu ouvido: "Você podia fazer um trocadilho... algo sobre o asno ter dito uma *asneira*...".

Então, a distância, uma voz muito gentil disse: "Ela deve ir com a etiqueta 'Ágil'".

Depois desta, outras vozes se manifestaram ("Quantos passageiros neste vagão!", pensou Alice), com sugestões: "Deve ser enviada pelo correio, devolvida ao remetente"; "Deve ir por telégrafo"; "Deve conduzir o trem a partir de agora" — e assim por diante.

O cavalheiro vestido de papel, entretanto, inclinou-se e cochichou no ouvido dela: "Não ligue para o que dizem, minha cara, mas compre um bilhete de volta a cada parada do trem".

"Eu, não!", exclamou Alice, um tanto impaciente. "Não devia nem estar neste trem! Agorinha mesmo estava na floresta... queria voltar para lá."

A voz pequenina em seu ouvido sugeriu: "Você poderia usar a expressão 'Querer não é poder'".

"Pare de me perturbar", disse Alice, olhando em vão ao redor, para descobrir de onde vinha a voz. "Se quer tanto parecer esperto, por que não fala você mesmo essas coisas?"

A voz pequenina deu um longo suspiro: estava *invisivelmente* chateada, e Alice teria dito algo para reconfortá-la, "Se ao menos suspirasse como as outras pessoas!", pensou. Mas foi um suspiro tão extraordinariamente baixo que ela sequer teria ouvido, não estivesse em seu *ouvido*. Assim, lhe provocava uma coceira infernal, o que a distraiu de sua preocupação pelo bem-estar da pobre criatura.

"Sei que é minha amiga", prosseguiu a voz pequenina. "E uma amiga querida, uma velha amiga. Por isso não vai me machucar, embora eu seja um inseto."

"Que tipo de inseto?", indagou Alice, um pouco preocupada. O que estava realmente interessada em saber era se, por acaso, se tratava de um inseto capaz de picá-la — embora tivesse a impressão de que talvez essa não fosse uma pergunta lá muito educada de se fazer a um inseto.

"Como assim, então você não...", começou a responder a voz pequenina, mas foi abafada pelo ruído estridente do motor, que sobressaltou todos os passageiros, inclusive Alice.

O Asno, que enfiara a cabeça para fora da janela, a recolheu em silêncio e disse: "É apenas um riacho, vamos ter que pular". Ninguém pareceu se importar, mas Alice ficou um pouco apreensiva com a ideia de um trem pulando. "Se bem que, pelo lado bom, vai nos levar direto para a Quarta Casa!", pensou a menina. Logo em seguida, sentiu o vagão suspenso no ar e, em pânico, agarrou a primeira coisa ao alcance: o cavanhaque da Cabra.

*   *   *   *

*   *   *   *   *

*   *   *   *

*   *   *   *   *

*   *   *   *

O cavanhaque, porém, pareceu derreter ao seu toque e ela se viu, de repente, sentada tranquila sob uma árvore, enquanto o Mosquito (pois era esse o inseto com quem conversara) balançava-se em um galho sobre sua cabeça, abanando-a com as asas.

Era um Mosquito bem grandinho — "Do tamanho de uma galinha", pensou Alice. Ainda assim, ele não a deixava nervosa, pois já estavam conversando havia bastante tempo.

"... gosta de todos os insetos?", perguntou o Mosquito, como se nada tivesse acontecido.

"Gosto dos que falam", respondeu ela. "De onde eu venho, nenhum fala."

"Quais são os que mais te agradam, lá neste lugar de onde vem?", indagou o Mosquito.

"Insetos não me *agradam* em nada", explicou Alice. "Na verdade, tenho um pouco de medo deles... pelo menos dos grandes, mas posso te dizer o nome de alguns."

"E eles atendem pelo nome?", perguntou o Mosquito, displicente.

"Não que eu saiba."

"De que adianta ter nome se não atendem por ele?", comentou o Mosquito.

"Não adianta para eles", respondeu Alice, "mas acho que é útil para quem os nomeia. Do contrário, por que as coisas teriam nomes?"

"Não sei", respondeu o Mosquito. "Lá embaixo, na floresta, eles não têm nomes. Mas está perdendo tempo: prossiga com a lista de insetos."

"Bem, tem a mosca-varejeira", começou Alice, contando nos dedos.

"Interessante", disse o Mosquito. "Naquele arbusto ali, você vai ver a mosca-carpinteira, se olhar bem. É toda feita de madeira e balança de galho em galho."

"E vive de quê?", perguntou Alice, muito curiosa.

"De seiva e serragem", explicou o Mosquito. "Prossiga com a lista."

Alice observou a mosca-carpinteira com muito interesse e chegou à conclusão de que devia ter sido pintada recentemente, pois parecia brilhante e pegajosa. Então continuou:

"Tem também o cupim."

"No galho acima de você", apontou o Mosquito, "verá nosso cupim-pudim. Seu corpo é todo feito de doce, tem calda nas asas e frutas cristalizadas nas antenas."

"E o que ele come?"

"Açúcar e caramelo", respondeu o Mosquito, "e formam as colônias em travessa de confeiteiro."

"Tem também a borboleta", prosseguiu Alice, depois de ter fitado atentamente o cupim com antenas cristalizadas. "Que criaturinhas gulosas! Deve ser por isso que comem os nossos móveis!"

"Rastejando aos seus pés", disse o Mosquito (Alice deu um passo para trás, assustada), "pode observar a borbuletra, com o corpo todo coberto por minúsculas borbulhas."

"E de que se alimenta?"

"Da espuma de creme sobre o chá."

Alice ficou preocupada e quis saber: "Mas e se não encontrar nada para comer?".

"Morre de fome, obviamente."

"Mas isso deve acontecer com frequência", concluiu a menina, pensativa.

"Sempre", confirmou o Mosquito.

Alice ficou em silêncio por alguns minutos, refletindo. Enquanto isso, o Mosquito se divertiu zumbindo em volta de sua cabeça. Por fim, pousou de novo e comentou:

"Imagino que não queira perder seu nome."

"Não quero mesmo", retrucou Alice, um pouco apreensiva.

"Por outro lado,", contemporizou o Mosquito, em tom distraído, "pense em como seria conveniente se pudesse voltar para casa sem ele! Por exemplo, se a governanta fosse chamar para fazer as lições, teria que gritar 'venha...' e deixar a ordem pela metade, pois não teria nenhum nome para chamar. Desse modo, você não seria obrigada a atender ao chamado."

"Não daria certo, tenho certeza", respondeu Alice. "A governanta nunca iria me deixar escapar das lições por isso. Se não pudesse lembrar meu nome, me chamaria de 'senhorita', como fazem todos os empregados."

"Bem, se ela pular seu nome", ponderou o Mosquito, "você bem pode pular as lições. É uma piada, gostaria que você a tivesse feito."

"Por quê?", perguntou Alice. "É uma péssima piada."

O Mosquito deu suspiro profundo e sentido, enquanto duas grossas lágrimas rolaram pelo seu rosto.

"Você não deveria querer bancar o esperto", disse Alice, "se isso te deixa assim tão triste."

Seguiu-se mais uma série de suspiros melancólicos e, por fim, o pobre Mosquito pareceu evaporar de tanta tristeza, pois, quando Alice olhou para cima, havia desaparecido do galho. Com frio por estar há tanto tempo sentada, ela decidiu se levantar e retomar seu rumo.

Logo se viu em campo aberto, com a floresta do outro lado. Parecia bem mais escura do que a que atravessara, e Alice hesitou um pouco antes de se embrenhar pela mata. Pensando melhor, porém, decidiu avançar, "pois não posso voltar", concluiu, e não havia outra maneira de alcançar a Oitava Casa.

"Deve ser a tal floresta onde as coisas não têm nomes", lembrou-se a menina. "Será que vou perder meu nome lá também? Não gostaria nem um pouquinho de ficar sem nome, pois vão acabar me dando outro e tenho quase certeza de que será feio. Mas até que seria engraçado tentar encontrar a criatura que ficou com meu antigo nome. Como naqueles cartazes, quando as pessoas perdem seus cachorros... ‹Atende pelo nome de ‹Dash› e tem coleira de metal› Imagine só, sair chamando todo mundo de "Alice" até descobrir quem atenderia! Se bem que, se fosse realmente esperta, a pessoa nem iria responder."

Estava divagando, perdida nesses pensamentos, quando alcançou a floresta. Parecia muito gélida e sombria. "Bem, seja como for, vai ser um alívio, depois de tanto calor", disse adentrando sob as árvores, "Entrar no... no que mesmo?", prosseguiu, um tanto surpresa por não conseguir se lembrar da palavra. "Debaixo da... da... disso aqui!", exclamou, tocando o tronco da árvore. "Como é mesmo que se chama? Acho que não tem nome... ora, estou certa de que não tem!"

Ficou em silêncio por um momento, pensativa. Continuou: "Então aconteceu mesmo, no fim das contas! E agora, quem sou? Vou lembrar, vou dar um jeito! Estou determinada!". Porém, sua determinação de nada adiantou. Depois de muito esquentar a cabeça, tudo que conseguiu concluir foi: "Sei que começa com A!".

Naquele exato momento, surgiu uma Corça na floresta, que fitou Alice com grandes olhos gentis, mas não parecia assustada. "Pode chegar mais perto!", exclamou a menina, estendendo a mão e tentando acariciá-la. A Corça recuou, mas permaneceu olhando para a menina.

"Como você se chama?", enfim perguntou a Corça. E como era suave e doce a sua voz!

"Gostaria de saber!", pensou a pobre Alice. E respondeu, entristecida: "No momento, não tenho nome".

"Pense melhor", disse a Corça. "Tem que ter um."

Alice obedeceu, mas sem resultado. "Por gentileza, como você se chama?", indagou muito tímida. "Acho que poderia me ajudar um pouquinho."

"Vou te dizer, mas precisamos andar mais um pouco", respondeu a Corça. "Não consigo lembrar aqui."

Seguiram juntas pela floresta, Alice abraçando com carinho o pescoço macio da Corça. Quando chegaram a outro campo aberto, a Corça saltou e se desvencilhou dos braços de Alice.

"Sou uma Corça!", exclamou, efusiva. "E você, minha cara, é uma criança humana!"

Um lampejo de susto reluziu em seus belos olhos castanhos e, no instante seguinte, ela partiu em disparada.

Alice ficou imóvel, vendo-a desaparecer, frustrada e com vontade de chorar por ter perdido sua querida companheira de viagem de modo tão súbito.

"Pelo menos, agora sei meu nome", disse, "o que já é um alívio. Alice... Alice... Não vou esquecer de novo. E agora, qual dessas setas eu sigo?"

Não era pergunta muito difícil, pois havia apenas uma trilha pela floresta e ambas as setas apontavam para o mesmo lugar. "Vou resolver quando o caminho bifurcar e elas apontarem para direções diferentes", ponderou Alice.

No entanto, a bifurcação parecia improvável. Ela seguiu durante um bom tempo, mas, sempre que a estrada se dividia, as duas setas continuavam apontando para o mesmo lugar. Em uma, estava escrito: "PARA A CASA DE TWEEDLEDUM"; e na outra: "PARA A CASA DE TWEEDLEDEE".

Por fim, Alice exclamou: "Acho que moram na mesma casa! Como foi que não pensei nisso antes... Mas não posso ficar muito tempo aqui, vou só dar uma passadinha, cumprimentá-los e perguntar como faço para sair desta floresta. Gostaria de chegar à Oitava Casa antes do anoitecer!".

E assim prosseguiu, falando sozinha enquanto caminhava, até que, ao virar em uma curva brusca, deparou-se com dois homenzinhos gordos de modo tão inesperado que deu um passo para trás, sobressaltada. Mas logo se recuperou do susto, certa de que na certa só podiam ser...

ALICE

CAPÍTULO 4

TWEEDLEDUM E TWEEDLEDEE

Estavam parados sob a árvore, um com o braço no pescoço do outro, e Alice soube imediatamente distingui-los, pois um tinha "DUM" bordado na gola, e o outro, "DEE". "Devem ter 'TWEEDLE' bordado do outro lado", disse para si mesma.

Como estavam imóveis iguais a estátuas, Alice quase se esqueceu de que estavam vivos. Justo quando verificava se a palavra "TWEEDLE" fora realmente bordada do outro lado das golas, foi surpreendida por uma voz, vinda do marcado com "DUM":

"Se vai nos tratar como estátuas de cera", disse, "vamos cobrar ingresso. Museus de cera não oferecem visitação gratuita, de jeito nenhum!"

"Porém", comentou o que tinha "DEE" bordado, "se acha que estamos vivos, deveria nos cumprimentar."

"Claro, e peço desculpas", foi tudo que Alice conseguiu dizer, pois a letra de uma velha canção não saía da sua cabeça, repetindo-se de tal maneira que quase cantou em voz alta:

> *Tweedledum e Tweedledee*
> *Concordaram em discordar,*
> *Pois Tweedledum, disse Tweedledee,*
> *Deveria com ele se desculpar.*
>
> *Mas surgiu um corvo robusto,*
> *Tão preto quanto carvão.*
> *Eles dois levaram um susto*
> *Que acabou com a discussão.*

"Sei o que está pensando", disse Tweedledum, "mas não é nada disso, de jeito nenhum."

"Porém", retrucou Tweedledee, "se fosse, poderia ser; e, se tivesse sido, seria; mas, visto que não é, não tem como ser. Isso é lógica."

"Estava pensando", disse Alice, muito educada, "qual será o melhor caminho para sair da floresta, está escurecendo tão depressa. Poderiam me ajudar?"

Mas os homenzinhos apenas se entreolharam e abriram um sorriso.

Pareciam dois colegiais, e Alice, sem conseguir se conter, apontou para Tweedledum e exclamou:

"Primeiro da turma!"

"De jeito nenhum!", gritou Tweedledum bruscamente, calando-se em seguida.

"Segundo da turma!", disse Alice, virando-se para Tweedledee, embora estivesse certa de que fosse gritar "De jeito nenhum!" — o que ele fez, é claro.

"Você está errada pra burro!", bradou Tweedledum. "A primeira coisa que se deve fazer em uma visita é perguntar 'Como vai?' e dar um aperto de mão!" Os irmãos se cumprimentaram com um abraço e esticaram as mãos livres para que Alice pudesse apertá-las.

Alice não queria ter que escolher um dos dois para cumprimentar primeiro, com medo que o segundo se sentisse preterido. Para contornar o problema, cumprimentou-os simultaneamente e, quando deu por si, estavam os três dançando, girando em ciranda. Parecia tudo muito natural (ao lembrar em retrospecto), e ela sequer ficou surpresa ao ouvir uma música tocando; era como se viesse da árvore sob a qual dançavam, e o som (pelo que conseguia distinguir) era provocado pelo roçar dos galhos, como arco no violino.

"Mas foi muito divertido" (diria Alice mais tarde, ao relatar a aventura para a irmã) "me ver cantando 'Ciranda Cirandinha'. Não sei como começou, mas tive a impressão de estar cantando há muito, muito tempo!"

Os outros dois dançarinos eram gordos e logo ficaram sem fôlego.

"Quatro voltas já está de bom tamanho para uma ciranda", disse Tweedledum, ofegante, e pararam de dançar tão subitamente quanto haviam começado: a música também cessou na mesma hora.

Os dois soltaram a mão de Alice e a fitaram por um instante. Fez-se uma pausa esquisita, e Alice não sabia puxar assunto com pessoas com quem acabara de dançar.

"Não dá mais para perguntar 'Como vai?'", pensou. "Acho que já passamos desse ponto!"

"Espero que não tenham se cansado muito", disse, por fim.

"De jeito nenhum, muito obrigado pela preocupação", disse Tweedledum.

"Muito obrigado!", ecoou Tweedledee. "Você gosta de poesia?"

"Hummm... até gosto... de algumas poesias", respondeu Alice, hesitante. "Poderiam me dizer por onde devo ir para sair da floresta?"

"Que poema devo recitar para ela?", perguntou Tweedledee, fitando Tweedledum com muita seriedade no olhar e ignorando a pergunta de Alice.

"O mais longo é 'A Morsa e o Carpinteiro'", respondeu Tweedledum, dando abraço afetuoso no irmão.

Tweedledee começou sem demora:

O sol brilhava...

Alice tomou coragem e o interrompeu:

"Se é muito longo", disse, tentando ser o mais cortês possível, "será que poderiam primeiro me dizer como faço para sair..."

Tweedledee sorriu muito dócil e recomeçou:

O sol brilhava sobre o mar,
Encantador como magia.
As ondas, em manso deslizar.
Eram pura luz e calmaria.
O que era aterrador, pois a noite
Há muito já extinguira o dia.

A lua reluzia, muito amuada,
Ressentida com o brilho solar,
Que, ao luzir na hora errada,
Acabara por roubar seu lugar.
"Mas que descortesia", dizia ela,
"O sol querer me destronar!"

O mar estava encharcado,
A areia seca como no deserto,
Não se via uma nuvem, engraçado,
Não havia uma nuvem por perto.
Os pássaros não voavam no céu,
Pois não havia pássaros, decerto.

*A Morsa e o Carpinteiro
Passeavam bem perto dali,
Lamentando o tempo inteiro:
"Quanta areia, nunca vi!"
"Se tirassem esse excesso,
Seria tão bonito aqui!"*

*"Se sete donzelas", a Morsa supôs,
"Varressem a areia por meio ano,
Será que conseguiriam depois
Tornar tudo limpo e plano?"
"Nem meio ano, nem dois",
Disse o Carpinteiro, sem engano.*

*"Ó Ostras, venham passear!",
Convidou a Morsa, animada,
"Vamos nos divertir e conversar
Ao longo da bela enseada.
Apenas quatro podemos levar
Em nossa feliz caminhada."*

*A Ostra mais velha o fitou,
Mas permaneceu calada,
Um dos olhinhos piscou
E meneou a cabeça pesada.
Queria dizer com isso: "Não vou
Deixar minha cama por nada".*

*Mas quatro ostrinhas,
Ávidas pela diversão,
Surgiram logo, prontinhas,
Enfeitadas como pavão.
Queriam usar luvinhas
Mas sequer tinham mão.*

*Mais quatro surgiram depressa,
Seguidas por mais dois pares.
Vinham ansiosas à beça
Para desbravar esses mares,
Divertindo-se sem pressa
Apesar de todos os pesares.*

*A Morsa e o Carpinteiro,
Depois da caminhada,
Repousaram num canteiro,
Pois a Morsa estava cansada.
O grupo de ostras, faceiro,
Aguardou a sua retomada.*

*A Morsa disse: "Está na hora
De falarmos de uma vez
Sobre selos, navios e solas,
Sobre repolhos e reis.
Por que o mar ferve agora
E porcos voam sem leis?"*

*"Espere", pediram as ostrinhas,
"Antes de esse papo começar,
Pois nós, nada magrinhas,
De correr, ficamos sem ar!"
"Está bem, companheirinhas"
Disse o Carpinteiro, a lhes acalmar.*

*A Morsa comentou então
"Está faltando um pãozinho
Pimenta e vinagre à mão
Para um farto lanchinho
Até as ostras ficarem prontas
Esperamos mais um pouquinho."*

"*Não para servirmos de manjar!*"
Exclamaram elas, apavoradas
"*Pois saímos para passear,*
Não para sermos devoradas!"
"*Que linda vista*", *distraiu a Morsa*
"*Adoro noites estreladas!*"

"*Alegra-me a vossa companhia!*
É o que mais importa!"
"*Corte mais uma fatia:*
Ou está surdo como uma porta",
Reclamou o Carpinteiro,
"*Ou se faz de morsa morta!*"

A Morsa disse: "*Eu receio*
Pela sorte das pobres ostrinhas
Tapeadas com um passeio
E agora longe e sozinhas!"
O Carpinteiro desconversou:
"*Muita manteiga nas torradinhas!*"

Então a Morsa choramingou
"*Lamento muito, minhas caras*"
E, aos prantos, selecionou
As que pareciam mais raras.
Com um lenço ela disfarçou
As lágrimas que vertia às claras.

"*Ostras*", *disse o Carpinteiro*
"*Mas que corrida animada!*
Será que este grupo ligeiro
Regressará em disparada?"
Ninguém respondeu, é claro,
Pois estavam todas mastigadas."

"Gosto mais da Morsa", comentou Alice, "pois teve pena das pobres ostras."

"Mas ela comeu mais do que o Carpinteiro", disse Tweedledee. "Porém, como colocou o guardanapo na frente, o Carpinteiro não pôde contar direito."

"Foi uma maldade!", exclamou Alice, indignada. "Se não comeu tantas quanto a Morsa, gosto mais do Carpinteiro."

"Mas ele comeu tantas quanto pôde", retrucou Tweedledum.

Aquilo deixou Alice intrigada e após uma pausa, comentou: "Bem, os dois eram personagens bem desagradáveis...". Foi interrompida por um som que mais parecia um motor de locomotiva não muito distante de onde estavam na floresta — embora temesse se tratar na verdade de um animal selvagem. "Existem leões ou tigres por aqui?", perguntou discretamente.

"É só o Rei Vermelho roncando", explicou Tweedledee.

"Venha espiar!", exclamaram os irmãos em uníssono, pegando Alice pela mão e a levando até o local onde o Rei dormia.

"Não é uma visão e tanto?", indagou Tweedledum.

Alice não estava assim tão certa. O Rei usava uma touca de dormir vermelha, com pompom na ponta, e estava todo encolhido, como uma pilha de roupa suja, roncando altíssimo. "Parece que vai explodir de tanto roncar!", comentou Tweedledum.

"Receio que vá se resfriar, deitado assim na relva úmida", disse Alice, que era menininha muito atenciosa.

"Está sonhando agora", comentou Tweedledee. "Com o que acha que ele sonha?"

"Não há como saber", respondeu a menina.

"Ora, essa, é *com você!*", exclamou Tweedledee, batendo palmas, triunfante. "Se parasse de sonhar com você, onde a senhorita acha que iria parar?"

"Exatamente onde estou, é claro", respondeu Alice.

"É claro que não!", retrucou Tweedledee, com desdém. "Não existiria mais. Ora, você não passa de uma parte do sonho dele!"

"Se aquele Rei ali acordar", complementou Tweedledum, "você vai desaparecer, *puf!*, como a chama da vela que se apaga!"

"Eu, não!", exclamou Alice, indignada. "Além do mais, se não passo de parte do sonho dele, poderiam então me dizer o que são *vocês dois?*"

"Idem", respondeu Tweedledum.

"Idem, idem", repetiu Tweedledee.

Tweedledee gritou com tanta euforia que Alice não foi capaz de se conter:

"Shhhh! Você vai acordar o Rei gritando desse jeito."

"Bem, não faz sentido se preocupar se vamos ou não acordá-lo", disse Tweedledum, "quando é apenas parte do sonho dele. Você sabe muitíssimo bem que não é real."

"Eu sou real!", disse Alice e começou a chorar.

"Não vai se tornar mais real por abrir o berreiro", ponderou Tweedledee. "Não tem sequer motivos para chorar."

"Se não fosse real", continuou Alice, rindo e chorando ao mesmo tempo, pois tudo aquilo parecia bem ridículo, "não poderia nem chorar."

"E acha mesmo que são lágrimas de verdade?", interrompeu Tweedledum, com evidente desprezo na voz.

"Sei que falam absurdos", pensou Alice com seus botões, "e que é idiotice chorar por isso." Ela limpou as lágrimas e comentou, no tom mais animado possível: "Seja como for, é melhor sair o quanto antes da floresta, pois está escurecendo rápido. Vocês acham que vai chover?".

Tweedledum abriu um amplo guarda-chuva sobre ele e o irmão e olhou para cima.

"Não, acho que não", respondeu. "Pelo menos, não aqui embaixo. De jeito nenhum."

"Mas e fora do guarda-chuva?"

"Talvez... se assim quiser a chuva", respondeu Tweedledee. "Não fazemos nenhuma objeção, muito pelo contrário."

"Criaturinhas egoístas!", pensou Alice, que estava prestes a dar boa-noite e deixá-los quando Tweedledum pulou fora do guarda-chuva e a segurou pelo pulso.

"Está vendo aquilo ali?", perguntou com a voz rouca de susto e olhos arregalados, apontando um dedo trêmulo para o objeto branco que jazia sob a árvore.

"É apenas um chocalho", disse Alice, depois de cuidadoso exame. "Não o chocalho de cobra cascavel", acrescentou depressa, imaginando que ele estava assustado. "Só um chocalho velho, bem gasto e quebrado."

"Eu sabia!", gritou Tweedledum, dando chilique, pisoteando o solo loucamente e arrancando os cabelos. "Está estragado!", exclamou, olhando para Tweedledee, que logo sentou no chão e tentou se esconder atrás do guarda-chuva.

Alice pousou a mão no braço dele e disse, em tom apaziguador:

"Não precisa ficar assim tão furioso por causa de um chocalho velho."

"Mas não é velho!", berrou Tweedledum, mais furioso do que nunca. "É novinho, comprei ontem mesmo, meu lindo chocalho *novo em folha!*", elevou a voz em grito agudo e potente.

Durante todo este tempo, Tweedledee tentou encarniçadamente fechar o guarda-chuva para se esconder nele; um feito tão extraordinário que desviou a atenção de Alice do irmão raivoso. Sem sucesso em sua empreitada, ele rolou embrulhado no guarda-chuva, só com a cabeça para fora e assim ficou, abrindo e fechando a boca e piscando os olhos enormes — "Igualzinho a um peixe", pensou Alice.

"Você concorda em discordar em uma disputa?", perguntou Tweedledum, mais calmo.

"Acho que sim", respondeu o outro, amuado, arrastando-se para fora do guarda-chuva, "mas vamos precisar que ela nos ajude com as roupas."

Os dois irmãos sumiram de mãos dadas floresta adentro, para regressarem logo em seguida carregados de coisas: almofadas, cobertores, tapetes, toalhas de mesa, cloches e baldes para carvão. "Espero que tenha mão boa para pregar alfinetes e amarrar fitas", falou Tweedledum. "Tudo isso tem que entrar, de um jeito ou de outro."

Alice mais tarde diria jamais ter presenciado tamanha agitação como o frenesi dos dois irmãos que, ao cismarem em vestir tudo aquilo, lhe deram um trabalhão danado para amarrar fitas e prender botões. "Vão parecer duas trouxas imensas de roupas velhas quando ficarem prontos!", pensou enquanto pregava uma almofada em volta do pescoço de Tweedledee, "para proteger a cabeça de decapitação", ele explicara.

"Sabe", disse muito solene, "é uma das coisas mais graves que podem acontecer numa batalha: perder a cabeça."

Alice não conseguiu conter a gargalhada, mas a disfarçou com uma tosse, temendo magoá-lo.

"Estou muito pálido?", perguntou Tweedledum, aproximando-se para que ela prendesse o capacete (ele chamava de capacete, mas na verdade parecia mais uma panela mesmo).

"Um pouquinho", respondeu Alice, educada.

"Normalmente sou muito corajoso", justificou, "mas hoje estou com dor de cabeça."

"E eu com dor de dente!", exclamou Tweedledee, que ouvira o comentário do irmão. "Estou bem pior do que você!"

"Então é melhor não brigarem hoje", ponderou Alice, vendo uma boa oportunidade para que fizessem as pazes.

"Temos que brigar um pouco, mas não queria me estender muito", disse Tweedledum. "Que horas são?"

Tweedledee consultou o relógio e respondeu: "Quatro e meia".

"Vamos brigar até às seis e aí jantamos", propôs Tweedledum.

"Está bem", retrucou o outro, um pouco entristecido, "e ela pode assistir, mas é melhor não chegar muito perto", advertiu Tweedledee, "pois costumo bater em tudo que vejo pela frente quando me empolgo de verdade."

"E eu bato em tudo que estiver ao meu alcance", avisou Tweedledum, "vendo ou não!"

Alice riu. "Imagino que deva atingir as árvores com bastante frequência."

Tweedledum olhou ao redor com sorriso satisfeito. "Duvido que reste uma única árvore de pé quando terminarmos!"

"E tudo por causa de um chocalho!", disse Alice, ainda com a esperança de que ficassem envergonhados e desistissem de brigar por causa de tamanha bobagem.

"Não teria dado tanta importância", justificou Tweedledum, "se o chocalho não fosse novinho."

"Gostaria que o tal corvo robusto aparecesse!", pensou Alice.

"Temos apenas uma espada, como sabe", disse Tweedledum para o irmão, "mas pode usar o guarda-chuva, que também é bem afiado. Vamos começar logo, está ficando muito escuro."

"Escuríssimo", concordou Tweedledee.

Escurecera tão depressa que Alice chegara a pensar que uma tempestade se aproximava. "Que nuvem carregada e escura!", disse. "E como avança veloz! Parece que tem asas!"

"É o corvo!", exclamou Tweedledum com um grito agudo. Os dois irmãos logo deram no pé e desapareceram.

Alice adentrou a floresta e estacou debaixo de portentosa árvore. "Aqui não me alcança de jeito nenhum", pensou a menina, "pois é muito grande para se espremer entre as árvores. Mas gostaria que não batesse tanto as asas... Assim provoca um verdadeiro furacão na floresta... Eis um xale carregado pelo vento!"

ALICE

CAPÍTULO 5

LÃ E LAGO

ELA APANHOU O XALE E OLHOU AO REDOR, procurando o dono. A Rainha Branca surgiu logo em seguida: corria alucinada pela floresta, com os braços esticados como se voasse. Alice dirigiu-se até ela, muito polida, para devolver o xale.

"Foi sorte eu estar no caminho", disse a menina, ajudando-a a vestir o xale novamente.

A Rainha Branca a fitou com expressão de desamparo e susto e, em sussurro, pôs-se a repetir para si mesma algo que soava como "pão com manteiga, pão com manteiga". Alice percebeu que a conversa só deslancharia se ela puxasse algum assunto, então perguntou, um pouco acanhada:

"Dirijo-me, porventura, à Rainha Branca?"

"Sim, e que aventura esse vento, não?", retrucou a Rainha. "Deixou-me toda avoada!"

Alice não achou de bom-tom começar a conversa a corrigindo, de modo que apenas sorriu e falou: "Se vossa majestade me disser do que precisa, posso ajudá-la a se recompor".

"Mas como, se nem composta estou!", resmungou a pobre Rainha. "Estou há duas horas tentando me compor."

Alice imaginou que seria mais fácil se a Rainha tivesse ajuda para se vestir, já que estava terrivelmente desalinhada.

"Está toda abarrotada, apinhada de alfinetes!", pensou a menina. Depois, em voz alta, perguntou: "Posso ajudá-la com seu xale?".

"Não sei o que há de errado com ele!", exclamou a Rainha, com melancolia na voz. "Está fora de controle, só pode ser. Já o alfinetei aqui, depois aqui, mas não sossega!"

"Não vai mesmo ficar no lugar se o alfinetar só de um lado", explicou Alice, ajeitando-o. "E, Deus meu, o que houve com seu cabelo?"

"A escova ficou presa nele!", suspirou a Rainha. "E ontem perdi um pente aí dentro."

Com muito cuidado, Alice soltou a escova e se esmerou para ajeitar o cabelo da Rainha.

"Agora sim, muito melhor!", disse após consertar os alfinetes. "Mas vossa majestade deveria ter uma criada!"

"Eu contrataria você com prazer!", disse a Rainha. "Dois centavos por semana e geleia em dias alternados."

Alice mal conseguiu segurar o riso ao responder:

"Não quero que me contrate... e não gosto muito de geleia."

"É uma excelente geleia", insistiu a Rainha.

"Bem, seja como for, não quero nenhuma *hoje*."

"Nem se *quisesse* poderia ter", retrucou a Rainha. "A regra é: geleia amanhã e geleia ontem; jamais geleia *hoje*."

"Algum dia tem que ser geleia *hoje*", objetou Alice.

"Não, impossível", disse a Rainha. "É geleia no *outro* dia. Hoje nunca é o *outro* dia, entendeu?"

"Não entendo", disse a menina. "É muitíssimo confuso!"

"É consequência de se viver de trás para frente", respondeu a Rainha, gentil. "Ficamos um pouco tontos no começo..."

"Viver de trás para frente!", repetiu Alice, espantada. "Nunca ouvi nada parecido!"

"... mas há imensa vantagem: nossa memória funciona nas duas direções."

"A minha funciona em uma só", comentou Alice. "Não consigo me lembrar do que ainda não aconteceu."

"Que porcaria de memória, essa que só recorda o passado", disse a Rainha.

"Do que a senhora se lembra melhor?", Alice arriscou-se a perguntar.

"Ah, dos acontecimentos da semana posterior à semana que vem", respondeu a Rainha, muito casual. "Por exemplo", prosseguiu, fazendo um curativo no dedo enquanto falava, "o mensageiro do Rei. Está preso agora, sendo punido. O julgamento só começa quarta-feira que vem e o crime, é claro, virá por último."

"Mas e se jamais cometer crime algum?", perguntou Alice.

"Seria o ideal, não é mesmo?", respondeu a Rainha, que prendeu o curativo no dedo com um pedaço de fita.

Alice só pôde concordar:

"Claro que seria o ideal, mas não é justo que já esteja sendo punido"

"Aí que você se engana", disse a Rainha. "Você já foi punida?"

"Sim, mas por algo que fiz."

"Então foi o ideal, viu só?", concluiu a Rainha, triunfante.

"Sim, mas tinha motivos para ser punida", disse, "o que faz toda diferença."

"Mas, se não tivesse motivo", ponderou a Rainha, "seria ainda melhor, o ideal do ideal!" Sua voz subia o tom cada vez que repetia a palavra "ideal", tornando-se ainda mais estridente.

Alice ia dizer "Mas isso está errado..." quando a Rainha começou a berrar de modo tão histérico que a menina foi obrigada a deixar a frase pela metade.

"Ai, ai, ai!", gritou a Rainha, balançando violentamente a cabeça, como se quisesse soltá-la do pescoço. "Meu dedo está sangrando! Ai, ai, ai!"

Seus gritos pareciam um apito de trem: Alice teve que tapar as orelhas com as mãos.

"O que aconteceu?", indagou a menina assim que teve oportunidade de se fazer ouvir. "Espetou o dedo nos alfinetes?"

"Ainda não", respondeu a Rainha, "mas irei, em breve... ai, ai, ai!"

"E quando acha que será?", perguntou Alice, segurando o riso.

"Quando prender meu xale de novo", respondeu a pobre Rainha, num gemido, "o broche vai se soltar. Ai, ai!" Enquanto se lamentava, o broche se soltou e voou longe. A Rainha, apanhando-o aflita, tentou prendê-lo de volta.

"Cuidado!", advertiu Alice. "Está segurando pelo lado errado!"

A menina tentou pegar o broche, mas era tarde demais: o alfinete escapara, perfurando o dedo da Rainha.

"Isso explica o sangue, viu só?", disse para Alice, sorrindo. "Agora você entende como as coisas funcionam por aqui."

"Mas por que não grita agora?", perguntou Alice, já se preparando para tapar os ouvidos.

"Ora, já gritei tudo o que tinha para gritar", respondeu a Rainha. "De que adianta gritar de novo?"

Àquelas alturas, a floresta já estava mais iluminada. "Acho que o corvo deve ter partido", disse Alice. "Fiquei contente; achei que estava escurecendo."

"Gostaria de poder ficar contente!", disse a Rainha. "Mas nunca me lembro da regra. Você deve ser muito feliz, morando aqui na floresta, podendo ficar contente sempre que quiser!"

"Mas é solitário demais!", disse Alice, em tom melancólico e, ao dar-se conta da solidão, duas grossas lágrimas desceram-lhe pelas faces.

"Não chore!", exclamou a pobre Rainha, muito aflita. "Pense no quão extraordinária você é, no caminho extenso que percorreu hoje, em que horas são. Pense em qualquer coisa, mas não chore!"

Alice não conseguiu conter o riso, mesmo em meio ao choro.

"Você consegue segurar o choro pensando em outras coisas?", perguntou.

"Mas é claro", respondeu a Rainha, taxativa. "Ninguém consegue fazer duas coisas ao mesmo tempo, não é verdade? Vamos começar com a sua idade: quantos anos você tem?"

"Sete anos e meio, exatamente."

"Não precisa dizer 'exatamente'", retrucou a Rainha. "Acredito em você. Agora, quero ver se acredita em mim: tenho 101 anos, cinco meses e um dia."

"Não consigo acreditar!", exclamou Alice.

"Não consegue?", indagou a Rainha, penalizada. "Tente mais uma vez: respire bem fundo e feche os olhos."

Alice riu e explicou:

"Não adianta tentar. Não é possível acreditar em coisas impossíveis".

"Arrisco-me a dizer que não praticou o bastante", rebateu a Rainha. "Quando tinha sua idade, praticava meia hora, todos os dias. Às vezes, antes mesmo do café da manhã, já acreditava em nada mais, nada menos do que em seis coisas impossíveis. Lá se vai meu xale novamente!"

O broche se soltara enquanto a Rainha conversava com Alice e uma súbita rajada de vento carregou o xale para a outra margem de um pequeno riacho. A Rainha esticou os braços e, de novo, voou atrás do xale; conseguiu recuperá-lo sozinha desta vez.

"Peguei!", gritou, triunfante. "Agora vou te mostrar que consigo prendê-lo sozinha também!"

"Seu dedo está melhor?", perguntou Alice, muito atenciosa, atravessando o riacho para ir ter com a Rainha.

* * * * *

* * * *

* * * * *

* * * *

"Ah, muito melhor!", berrou a Rainha, elevando sua voz até que soasse como balido. "Muito melhor! Méé-lhor! Méééé-lhor!" A última palavra terminou com um "méé" tão pronunciado que Alice levou um susto: era como estar diante de uma ovelha.

Alice olhou para a Rainha que, de repente, parecia toda coberta de lã. Esfregou os olhos e a mirou de novo. Não conseguia atinar o que tinha acontecido. Estava em uma loja? E era mesmo uma ovelha de verdade, sentada do outro lado do balcão? Por mais que esfregasse os olhos, não conseguia entender: via-se em uma loja escura, apoiando os cotovelos no balcão e, do outro lado, havia uma velha Ovelha sentada na poltrona, tricotando. De vez em quando, desviava os olhos do tricô para fitá-la por trás de seus grandes óculos.

"O que quer comprar?", enfim perguntou a Ovelha, erguendo os olhos.

"Não sei ainda", respondeu Alice, muito educada. "Vou dar uma olhadinha geral primeiro, se a senhora me permite."

"Pode olhar o que está a sua frente e a seus lados, se quiser", respondeu a Ovelha, "mas não pode dar uma 'olhadinha geral', a não ser que tenha olhos na nuca."

Isso Alice não tinha, de modo que teve de se contentar em virar de costas para a Ovelha e examinar as estantes aproximando-se delas.

A loja parecia repleta de todo tipo de curiosidades, mas havia algo bem peculiar: toda vez que olhava para uma prateleira, tentando descobrir o que guardava, a prateleira em questão parecia completamente vazia, embora as demais ao redor permanecessem abarrotadas.

"As coisas não param quietas aqui!", queixou-se Alice, após passar mais de um minuto perseguindo em vão um objeto grande e luzidio que às vezes parecia uma boneca e outras, uma caixinha de costura, e sempre ia parar na prateleira acima da que ela analisava.

"Esta é a coisa mais irritante de todas, mas deixe estar", disse ela, assim que uma ideia lhe ocorreu: "Vou persegui-la até a prateleira mais alta de todas e aí quero só ver como vai se arranjar para atravessar o teto!".

O plano, no entanto, falhou: a "coisa" atravessou o teto com a maior tranquilidade, como se já estivesse habituada a fazê-lo.

"Você é uma criança ou um peão?", indagou a Ovelha, apanhando novo par de agulhas de tricô. "Vai me deixar zonza, não para de girar para lá e para cá."

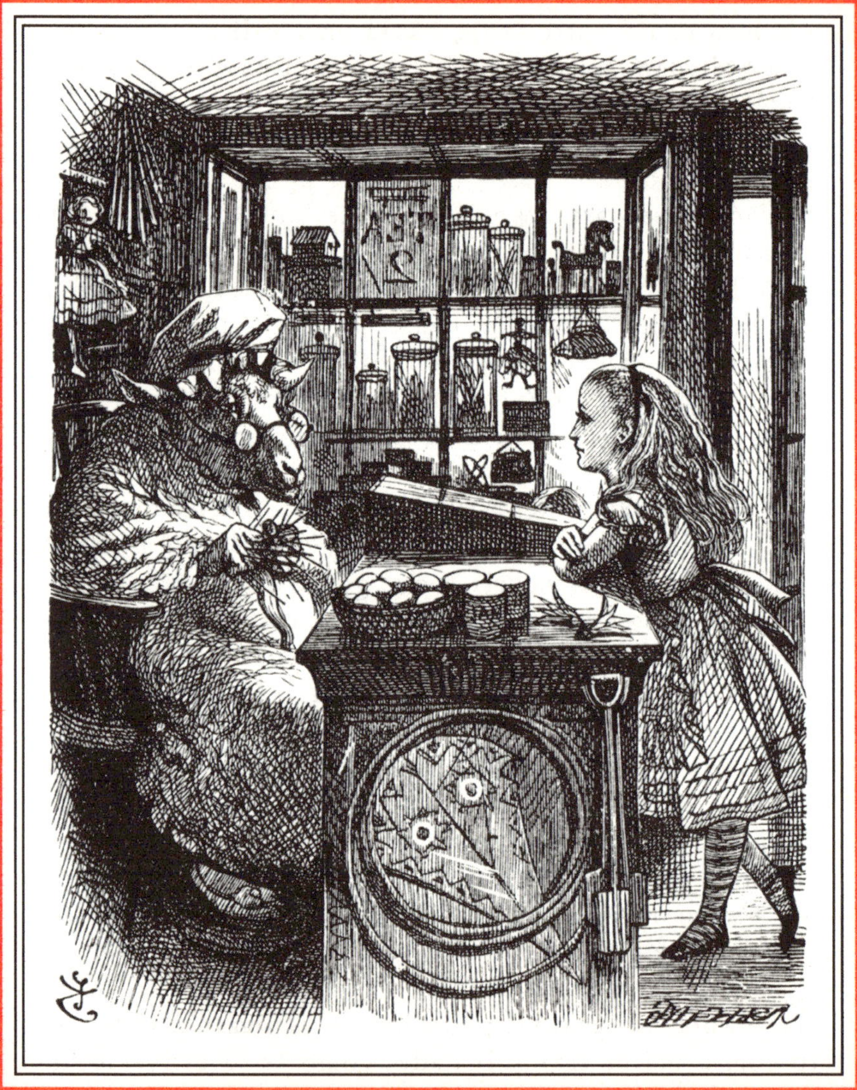

A Ovelha tricotava com quatorze pares de agulha e Alice, admiradíssima com o feito, a observava com atenção.

"Como consegue tricotar com tantas agulhas ao mesmo tempo?", indagou a menina, intrigada. "Está cada vez mais parecida com um porco-espinho!"

"Sabe remar?", perguntou a Ovelha, entregando-lhe um par de agulhas.

"Mais ou menos, mas não fora da água, e não com agulhas..." Enquanto Alice falava, as agulhas se transformaram em remos em suas mãos, e ela se viu em um barquinho, deslizando entre ribanceiras, de modo que não restava nada a fazer a não ser dar o melhor de si.

"Patilha!", gritou a Ovelha, apanhando mais um par de agulhas.

Não parecia comentário que carecesse de resposta, então Alice continuou muda, remando. Havia algo estranho na água, pensou, pois volta e meia os remos agarravam e não se soltavam de modo algum.

"Patilha! Patilha!", insistiu a Ovelha, aos gritos, apanhando mais agulhas. "Vai prender os pés nas sapatilhas."

"Mas não estou de sapatilha!", pensou Alice. "Seria até mais confortável."

"Não me ouviu gritar 'Patilha'?", perguntou a Ovelha, zangada, apanhando um apanhado de agulhas.

"Claro que ouvi", retrucou Alice. "A senhora não para de falar isso, em alto e bom som! Que sapatilhas são essas, pode me explicar?"

"As sapatilhas do leme, é óbvio!", respondeu a Ovelha, enfiando algumas agulhas no cabelo, pois estava com as mãos cheias. "Patilha!"

"Por que a senhora não para de falar isso?", perguntou Alice finalmente, um tanto irritada. "Não tem sapatilha nenhuma aqui!"

"Claro que tem, no finca-pé", retrucou a Ovelha. "Você seria péssima numa guarnição."

Aquilo ofendeu Alice, que não puxou mais conversa por alguns minutos, enquanto o barco corria mansamente, passando entre algas (que retinham ainda mais os remos) e sob árvores, sempre cercado por ribanceiras.

"Ah, por favor! Juncos perfumados!", exclamou Alice, eufórica. "E como são lindos!"

"Não precisa me pedir 'por favor'", resmungou a Ovelha, sem despregar os olhos do tricô. "Não fui eu quem os colocou ali e não serei eu a recolhê-los."

"Não, o que quis dizer foi: por favor, pode esperar enquanto colho alguns?", suplicou. "Se a senhora não se incomodar em parar um pouquinho o barco."

"E o que tenho a ver com isso?", perguntou a Ovelha. "Se não continuar remando, ele vai parar sozinho."

O barco ficou então à deriva, deslizando suavemente entre os juncos que oscilavam ao vento. Alice enrolou as manguinhas com cuidado e depois mergulhou os bracinhos até os cotovelos na água, para apanhar os juncos do fundo antes de cortá-los. Por um instante, esqueceu-se da Ovelha e seu tricô, debruçando-se na lateral do barco, com as pontas do cabelo despenteado imersas na água e os olhos vivazes brilhando, enquanto apanhava seus queridos juncos perfumados.

"Só espero que o barco não vire!", pensou consigo mesma. "Ah, que junco tão bonito! Pena que não consegui alcançá-lo." Parecia mesmo certa implicância ("Quase como se fizesse de propósito", refletiu), pois, ainda que lograsse colher diversos juncos encantadores conforme o barco deslizava, havia sempre um mais belo fora do seu alcance.

"Os mais bonitos estão sempre distantes!", exclamou por fim, suspirando diante da teimosia dos juncos em crescerem muito longe. Afogueada e com água pingando do cabelo e das mãos, retornou ao seu lugar e arrumou seus recém-descobertos tesouros.

Que lhe importava que os juncos murchassem logo depois de os ter colhido, perdendo assim toda a fragrância e beleza? Até mesmo juncos perfumados de verdade duram bem pouco

— que dirá juncos de sonho, a derreter como neve, empilhados aos seus pés. Mas Alice mal percebeu isso, tão ocupada que estava pensando uma infinidade de coisas curiosas.

Não tinham avançado muito quando a pá de um dos remos ficou presa no lago e não soltava de jeito algum (assim contou Alice mais tarde), e o resultado foi que o punho veio por baixo e a atingiu no queixo e, apesar de uma série de gritinhos condoídos da pobre Alice, derrubou-a de seu assento em meio às pilhas de juncos.

Ela, porém, não se machucou e logo se pôs de pé; durante todo esse tempo, a Ovelha continuara com o tricô, como se nada tivesse acontecido. "Prendeu na sapatilha!", comentou ela enquanto Alice retornava para o assento, aliviada por ainda estar no barco.

"Prendi? Não reparei", respondeu Alice, olhando atentamente para os próprios pés. "Acho que não, pois não estou de sapatilha!" A Ovelha gargalhou de desdém e continuou com o tricô.

"As pessoas costumam se prender na sapatilha?", quis saber a menina.

"Só as que não sabem remar direito e ficam perdidas", explicou a Ovelha. "Mas há muito o que encontrar por aqui, basta escolher. O que quer comprar?"

"Comprar?", indagou Alice, num susto, ao perceber que os remos, o barco e o lago haviam desaparecido num piscar de olhos e que estava de volta à lojinha escura.

"Gostaria de comprar um ovo, por favor", disse com timidez. "Quanto custa?"

"Cinco centavos por um, dois se quiser dois", informou a Ovelha.

"Então comprar dois sai mais barato do que um?", perguntou Alice, surpresa, enquanto pegava a bolsa.

"Sai, mas se comprar dois terá que comê-los", explicou a Ovelha.

"Então vou querer um só, por favor", disse Alice e colocou o dinheiro no balcão. Pensara com seus botões: "Talvez não estejam bons".

A Ovelha pegou o dinheiro, guardou em uma caixa e disse: "Nunca entrego nada na mão dos outros, isso não dá certo, você terá que pegá-lo sozinha." Assim, dirigiu-se até o outro lado da loja e colocou o ovo em pé na prateleira.

"Por que será que não dá certo?", pensou Alice, avançando com dificuldade entre mesas e cadeiras, pois estava um breu no fundo da loja. "O ovo parece mais distante conforme me aproximo. Deixe-me ver: isso aqui é uma cadeira? Ora, tem galhos, como é que pode! Que estranho encontrar árvores aqui! E um lago! Esta é a loja mais esquisita que já vi na vida!"

*   *   *   *

*   *   *   *   *

*   *   *   *

E assim prosseguiu, muito espantada, pois cada vez que alcançava algo, uma árvore surgia — e Alice previa que o mesmo fosse acontecer com o ovo.

ALICE

CAPÍTULO 6

HUMPTY DUMPTY

O OVO, PORÉM, FOI AUMENTANDO DE TAMANHO e se tornando mais e mais humano: quando Alice chegou a poucos passos dele, viu que tinha olhos, nariz e boca e, ao se aproximar ainda mais, viu claramente que era HUMPTY DUMPTY em pessoa.

"Não pode ser outro!", disse para si mesma. "Tenho certeza, como se o nome estivesse escrito na testa."

E dava para escrevê-lo no rosto inteiro e com folga, pois era um rosto enorme. Humpty Dumpty estava sentado com as pernas cruzadas, como um turco, empoleirado em um muro alto — tão estreito que Alice logo se perguntou como se equilibrava lá em cima — e, como tinha os olhos fixos contemplando o horizonte e pareceu não notar sua presença, a menina pensou se tratar de um boneco.

"Igualzinho a um ovo!", exclamou em voz alta, estendendo as mãos para pegá-lo a qualquer momento, pois parecia prestes a despencar.

"É muito irritante ser chamado de ovo...", disse Humpty Dumpty após longo silêncio, sem fitar Alice. "Muito mesmo!"

"Não o chamei... Quis apenas dizer que o senhor se *parecia* com um ovo", explicou ela, muito gentil. "Alguns ovos são muito bonitos", acrescentou, tentando transformar o comentário em elogio.

"Algumas pessoas", disse Humpty Dumpty, sem encará-la, "tem tanto bom senso quanto um bebê!"

Alice não sabia o que dizer; sequer parecia uma conversa, pensou, pois ele nunca se dirigia diretamente a ela — na verdade, seu último comentário fora, sem sombra de dúvida, direcionado para uma árvore. Por isso, a menina ficou quieta e repetiu baixinho para si mesma:

Humpty Dumpty no muro sentado
Humpty Dumpty tombou de um lado
Do Rei não havia cavaleiro ou cavalo
Que no muro fosse capaz de colocá-lo.

"Os primeiros versos são longos demais para o poema", disse quase em voz alta, esquecendo-se de que Humpty Dumpty poderia ouvi-la.

"Não fique aí parada, falando sozinha", admoestou Humpty Dumpty, olhando para Alice pela primeira vez, "Diga-me seu nome e o que quer."

"Meu nome é Alice, mas..."

"Que nome idiota!", interrompeu Humpty Dumpty, impaciente. "O que significa?"

"Um nome precisa ter significado?", perguntou, incerta.

"Claro que precisa", respondeu Humpty Dumpty, com uma risadinha. "O meu tem a ver com meu formato, um formato ótimo, por sinal. Já um nome como o seu pode descrever praticamente qualquer formato."

"Por que está sentado aqui sozinho?", perguntou Alice, tentando evitar a discussão.

"Ora, porque não estou acompanhado!", bradou Humpty Dumpty. "Você achou que não fosse saber responder? Pergunte outra coisa."

"Não acha que seria mais seguro ficar no chão?", prosseguiu ela, sem intenção de soar enigmática, apenas sinceramente preocupada com a estranha criatura. "Este muro é muito estreito!"

"Seus enigmas são absurdamente fáceis!", grunhiu Humpty Dumpty. "Claro que não acho! Ora, mesmo que caísse — o que é impossível de acontecer —, mas se acontecesse..." Ele apertou os lábios e adotou uma expressão tão solene e sóbria que Alice mal conseguiu conter o riso. "Se eu caísse", prosseguiu, "o Rei me prometeu que... ah, você pode empalidecer, se quiser! Não pensou que fosse dizer isso, não é mesmo? O Rei me prometeu, com todas as letras, que... que..."

"Iria mandar todos seus cavalos e cavaleiros", interrompeu a menina, precipitando-se de maneira imprudente.

"Não gostei nada disso!", gritou Humpty Dumpty, realmente furioso. "Você deve ouvir por trás das portas... por trás das árvores... pelas chaminés... ou não teria como saber!"

"Não ouvi, juro!", defendeu-se Alice, muito mansa. "Está em um livro."

"Ah, bem! É bem provável que tenham escrito isso em um livro", disse Humpty Dumpty, em tom mais calmo. "É o que se chama História da Inglaterra, eu sei. Mas olhe bem para mim! Falei com o Rei pessoalmente... talvez você nunca mais encontre alguém que tenha tido essa honra. E, para mostrar que não sou soberbo, vou permitir que me cumprimente com um aperto de mão!" Então abriu um sorriso de orelha a orelha, inclinou-se para a frente (quase despencou do muro ao fazer isso) e ofereceu a mão para Alice, que o cumprimentou, um tanto apreensiva. "Se sorrir mais, os cantos da boca vão se esticar até a nuca", pensou. "Temo pela sua cabeça; é capaz de cair!"

"Sim, todos seus cavalos e cavaleiros", prosseguiu Humpty Dumpty. "Eles me apanhariam na mesma hora, fique sabendo! Mas esta conversa avança muito depressa: vamos retornar ao penúltimo comentário."

"Sinto muito, não lembro qual foi", desculpou-se Alice, muito educada.

"Neste caso, começamos do zero", disse Humpty Dumpty, "e é minha vez de escolher o assunto..." ("Ele fala como se fosse um jogo!", pensou Alice.) "Eis uma pergunta: quantos anos mesmo você disse que tem?"

Alice, após rápido cálculo, respondeu: "Sete anos e seis meses".

"Resposta errada!", exclamou Humpty Dumpty, triunfante. "Você não disse ter ano algum!"

"Pensei que tinha perguntando minha idade", explicou ela.

"Se quisesse saber sua idade, teria perguntado", respondeu Humpty Dumpty.

Como não queria começar outra discussão, a menina ficou calada.

"Sete anos e seis meses!", repetiu Humpty Dumpty, pensativo. "Que idade mais desconfortável. Se tivesse pedido meu conselho, eu teria dito: 'Pare nos sete', mas agora é tarde."

"Nunca peço conselhos sobre meu crescimento", indignou-se Alice.

"Orgulhosa demais?", indagou a criatura.

Alice ficou ainda mais indignada com a sugestão.

"O que quis dizer", explicou ela, "é que não há nada que uma pessoa possa fazer para evitar o crescimento."

"Uma pessoa talvez não possa mesmo", disse Humpty Dumpty, "mas duas podem. Com a devida assistência, você poderia ter parado nos sete."

"Que cinto bonito você está usando!", comentou Alice, de repente.

(A conversa da idade já se esgotara, pensou ela, e, se realmente iam se revezar na escolha dos assuntos, era sua vez.)

"Ou melhor", corrigiu-se, após pensar melhor, "que gravata bonita... não, um cinto... perdoe-me!", desculpou-se, consternada, pois Humpty Dumpty parecia ofendidíssimo e Alice desejou não ter escolhido justo aquele assunto. "Se ao menos eu soubesse", pensou, "distinguir o pescoço da cintura!"

Humpty Dumpty estava visivelmente furioso, embora não tenha dito nada por alguns minutos. Quando por fim tornou a falar, a voz soou como um rosnado:

"Não há nada mais irritante", disse afinal, "do que alguém que não sabe a diferença entre gravata e cinto!"

"Sei que é muita ignorância da minha parte", disse Alice, em tom tão humilde que acalmou os ânimos de Humpty Dumpty.

"É uma gravata, menina, e bonita, como você diz. Foi um presente do Rei Branco e sua Rainha. Viu só?"

"Sério?", perguntou Alice, satisfeita por enfim ter escolhido um assunto agradável.

"Sim", continuou Humpty Dumpty, cruzando as pernas e entrelaçando os dedos nos joelhos, "me deram de presente de desaniversário."

"Perdão, presente de quê?", indagou Alice, intrigada.

"Não precisa pedir perdão, não estou ofendido", disse Humpty Dumpty.

"Eu sei, mas o que é um presente de desaniversário?"

"Um presente que lhe é dado quando não é seu aniversário, é claro."

Alice ponderou um instante. "Prefiro presentes de aniversário", respondeu finalmente.

"Você não sabe o que está falando!", gritou Humpty Dumpty. "Quantos dias tem em um ano?"

"Trezentos e sessenta e cinco", respondeu Alice.

"E quantas vezes você faz aniversário?"

"Uma vez só."

"Trezentos e sessenta e cinco menos um dá quanto?"

"Ora, trezentos e sessenta e quatro."

Humpty Dumpty parecia estar na dúvida. "Prefiro ver o cálculo no papel".

Alice deixou escapar um sorriso ao apanhar o bloco de anotações, onde fez a conta para ele ver:

$$\begin{array}{r} 365 \\ -1 \\ \hline 364 \end{array}$$

Humpty Dumpty apanhou o bloco e examinou o cálculo com atenção. "Acho que está certo...", comentou.

"Você está segurando de cabeça para baixo!", interrompeu Alice.

"Estava mesmo!", respondeu Humpty Dumpty, matreiro, enquanto Alice colocava o bloco na posição correta. "Logo vi, parecia mesmo meio esquisito. Como ia dizendo, acho que está certo — embora não tenha tempo de examinar com calma agora —, e isso mostra que sobram trezentos e sessenta e quatro dias que você pode receber presentes de desaniversário..."

"É verdade", disse Alice.

"E apenas um para presentes de aniversário, viu só? Que glória para você!"

"Não entendo o que quer dizer com 'glória'", confessou ela.

Humpty Dumpty sorriu com desdém. "Claro que não entende, ainda não expliquei. O que quis dizer foi: 'um belo argumento da pesada'!"

"Mas glória não quer dizer 'um belo argumento da pesada'", contestou Alice.

"Quando uso uma palavra", disse Humpty Dumpty, em tom ainda mais desdenhoso, "ela significa o que eu quiser, nem mais, nem menos."

"A questão", prosseguiu a menina, "é se consegue fazer com que uma palavra tenha diferentes significados."

"A questão", rebateu Humpty Dumpty, "é saber quem vai dar as cartas, só isso."

Alice estava intrigada demais para emitir opinião. Após breve pausa, Humpty Dumpty continuou:

"Algumas palavras são temperamentais... Sobretudo os verbos, orgulhosos que só... Você pode fazer o que quiser com os adjetivos, mas os verbos... Seja como for, coloco todos nos seus devidos lugares! Impenetrabilidade! Uma ova!"

"Poderia por gentileza me explicar o que isso significa?", pediu ela.

"Agora sim está falando como uma menina ajuizada", disse Humpty Dumpty, visivelmente satisfeito. "O que quis dizer com 'impenetrabilidade' é que já esgotamos o assunto e seria melhor se me contasse o que pretende fazer agora, já que imagino que não tenha intenção de ficar parada o resto da vida."

"É muito significado para uma palavrinha só", comentou Alice.

"Quando coloco uma palavra para trabalhar bastante assim", justificou-se Humpty Dumpty, "faço questão de pagá-la em dobro."

"Ah...", disse Alice. Estava confusa demais para elaborar uma frase.

"Você devia vê-las, me cercando nas noites de sábado", contou Humpty Dumpty e sacudiu a cabeça, seriíssimo. "Vêm cobrar o pagamento, sabe."

(Alice não ousou perguntar com o que as pagava, de modo que não posso contar para vocês.)

"Você parece muito hábil para explicar palavras, senhor", disse Alice. "Poderia, por gentileza, me explicar o significado de um poema chamado 'Garrulépido'?"

"Deixe-me ouvi-lo", respondeu Humpty Dumpty. "Consigo explicar todos os poemas já inventados... e vários que sequer foram inventados também."

Parecia esperançoso; Alice declamou a primeira estrofe:

Brilhuzia e pegazougues touvudos
Giroscavam e cavonavam a relverdenha
Os palragaios estavam chatinhudos
E mamerráticos uivavam em algazenha.

"Já está bom, para começar", interrompeu Humpty Dumpty. "Tem muitas palavras difíceis aí. 'Brilhuzia' refere-se às quatro da tarde, quando o brilho do poente se torna luzidio."

"Faz sentido", disse Alice. "E 'pegazougues'?"

"Bem, 'pegazougues' significa pegajoso e escorregadio, ágil como um azougue, é um termo que engloba duas palavras em uma só."

"Estou entendendo", comentou Alice, pensativa. "E 'touvudos'?"

"Bem, 'touvudos' são tipo texugos... e lagartos... e saca-rolhas."

"Devem ser criaturas muito intrigantes."

"São mesmo", disse Humpty Dumpty. "Fazem ninhos sob relógios de sol e vivem de queijo."

"E o que é 'giroscar' e 'cavonar'?

"'Giroscar' é rodar como giroscópio, e 'cavonar' é abrir buracos cavando a terra no mesmo lugar."

"E a 'relverdenha' deve ser então a grama em torno do relógio do sol, não é?", perguntou Alice, admirada com a própria sagacidade.

"Claro. Chama-se 'relverdenha' porque é uma relva muito..."

"Verde", completou Alice.

"Exatamente. Bom, 'chatinhudos' é outro termo que engloba duas palavras: chateado e mudo. Um 'palragaio' é ave falastrona, magrinha e mal-ajambrada, que se comunica por meio de sons incompreensíveis."

"E os 'mamerráticos'?", perguntou Alice. "Estou dando um trabalhão, não é mesmo?"

"São 'erráticos' todos os animais que não se deslocam de forma sistemática, mas não tenho certeza quanto ao 'mame'. Acho que são mamíferos sem destino certo."

"E 'algazenha'?"

"Bem, 'algazenha' é o tipo de algazarra que acontece quando, numa confusão, alguém coloca ainda mais lenha na fogueira. Quem andou recitando um poema complicado assim para você?"

"Li em um livro", explicou Alice. "Mas ouvi um poema mais simples de... acho que foi de Tweedledee."

"Em se tratando de poesia", disse Humpty Dumpty, esticando as mãos, "posso declamar tão bem quanto qualquer um, sabe..."

"Ah, não precisamos chegar a tanto!", Alice apressou-se em dizer, na esperança de interrompê-lo a tempo.

"O poema que vou declamar", prosseguiu ignorando o comentário dela, "foi composto especialmente para diverti-la."

Alice sentiu que, assim sendo, deveria ouvi-lo, de modo que se sentou e disse, não sem pontinha de tristeza: "Obrigada".

No inverno, o campo fica branco
E, para diverti-la, entoo este canto...

"Mas não vou cantar", explicou.

"Estou vendo que não vai", disse Alice.

"Se consegue ver se vou cantar ou não, enxerga melhor do que muita gente", comentou Humpty Dumpty, seríssimo. Alice ficou calada.

> *Na primavera, ao florescer*
> *Compreenderá o que vou dizer.*

"Espero que sim", disse Alice.

> *Quando o dia se alongar no verão,*
> *Vai entender esta canção.*

> *E, quando o outono chegar,*
> *Estas palavras anotará.*

"Vou mesmo, se conseguir lembrar tudo", disse Alice.
"Você não precisa fazer esses comentários", falou Humpty Dumpty. "Não fazem sentido e me atrapalham."

> *Mandei recado para o salmão:*
> *"O senhor pode me dar uma mão?"*

> *Mas nenhum peixe no mar*
> *Se dispôs a me ajudar.*

> *A resposta deles foi:*
> *"Nada feito, poi..."*

"Acho que não estou entendendo bem", interrompeu Alice.
"Vai entender já, já", respondeu Humpty Dumpty.

> *Mandei então dizer:*
> *"É melhor me obedecer."*

> *Os peixes devolveram o recado:*
> *"Você anda tão mal-humorado!"*

> *Minha ameaça era bem séria,*
> *Mas trataram como pilhéria.*

Peguei então uma chaleira,
Ideal para a brincadeira.

Com o coração pulando,
A água fui colocando.

Alguém me disse, sem jeito,
"Os peixinhos estão no leito."

E eu respondi sem dó:
"Que acordem de uma vez só!"

Deve ter se arrependido,
Pois gritei em seu ouvido.

Humpty Dumpty quase gritou ao declamar o último verso, e Alice pensou, com arrepios: "Nem morta gostaria de ser a mensageira!".

Ele logo ficou amuado:
"Não grite, estou do seu lado!"

Todo amuado, ele ficou.
"Vou ver se algum acordou."

Com um saca-rolhas na mão,
Fui lhes dar uma lição.

Quando vi a porta com trinco,
Empurrei com muito afinco.

Foi um empenho contumaz.
Girei a maçaneta, mas...

Fez-se longa pausa.
"Acabou?", perguntou Alice, sem jeito.

"Acabou", respondeu Humpty Dumpty. "Adeus."

Foi um pouco repentino, pensou Alice, porém, depois de deixa tão explícita de que deveria ir embora, sentiu que era pouco educado permanecer. Levantou-se e estendeu a mão. "Adeus, até a próxima!", disse ela, o mais alegre possível.

"Não a reconheceria se nos encontrássemos novamente", respondeu Humpty Dumpty, em tom sorumbático, estendendo apenas um de seus dedos à guisa de cumprimento. "Você é igualzinha a todo mundo."

"Um bom fisionomista geralmente grava os rostos na memória", comentou Alice, pensativa.

"Aí é que está o problema", retrucou Humpty Dumpty. "Seu rosto é igual ao de todo mundo: os dois olhos (fez o gesto com o polegar e indicou no ar a posição), o nariz no meio, a boca embaixo, é sempre a mesma coisa. Agora, se tivesse dois olhos no mesmo lado do nariz, por exemplo, ou a boca em cima... já ajudava."

"Não ficaria muito bom", protestou Alice.

Mas ele apenas fechou os olhos e disse: "Experimente só".

Alice aguardou um pouco para ver se Humpty Dumpty falaria outra coisa, mas ele não abriu mais os olhos e ignorou solenemente sua presença. "Adeus!", repetiu ela e, perante a mudez dele, afastou-se em silêncio. Não pôde, porém, deixar de comentar consigo mesma enquanto ia embora:

"De todas as pessoas desagradáveis", disse em voz alta, satisfeita por poder pronunciar palavra tão longa, "de todas as pessoas desagradáveis que conheci na minha vida..."

Não terminou a frase, pois, naquele exato momento, um estrondo medonho sacudiu a floresta de ponta a ponta.

ALICE

CAPÍTULO 7

O LEÃO E O UNICÓRNIO

LOGO EM SEGUIDA, SOLDADOS IRROMPERAM pelo bosque, primeiro em duplas ou trios, depois em grupos de dez ou vinte e, finalmente, eram tão numerosos que pareciam encher toda a floresta. Alice esgueirou-se atrás de uma árvore, com medo de ser atropelada, e os observou enquanto passavam.

Pensou que jamais em toda a vida tinha visto soldados tão desajeitados: tropeçavam o tempo inteiro e, quando um caía, os outros tombavam por cima, de modo que em pouco tempo surgiram pilhas de homenzinhos caídos no chão.

Então, adentraram os cavalos: por terem quatro patas, saíram-se melhor do que os soldados, mas mesmo assim tropeçaram aqui e ali. Parecia ser a regra geral: sempre que um cavalo tropeçava, seu cavaleiro caía na mesma hora. A confusão se agravava a cada instante, e Alice ficou aliviada ao escapar do bosque para campo aberto, onde encontrou o Rei Branco sentado no chão, compenetrado em anotar em um bloco.

"Mandei todos!", exclamou, eufórico, ao avistar Alice. "Você por acaso encontrou meus soldados, minha cara, ao atravessar o bosque?"

"Encontrei", respondeu ela. "Milhares deles, pelo que vi."

"Quatro mil duzentos e sete, eis o número exato", informou o Rei ao consultar as anotações. "Não pude mandar todos os cavalos, pois o jogo requer dois deles. E também não mandei os dois Mensageiros, pois partiram para a cidade. Dê uma olhada na estrada e diga-me se consegue avistar algum deles."

"Ninguém na estrada", afirmou Alice.

"Queria enxergar bem como você", comentou o Rei, em tom irritadiço. "Conseguir ver Ninguém! E de longe, ainda por cima! Com esta luz, consigo ver apenas pessoas reais e olhe lá!"

Alice não prestou atenção em nada disso, pois estava distraída fitando a estrada, protegendo os olhos da claridade com a mão na testa. "Agora estou vendo alguém!", exclamou. "Mas se aproxima muito devagar... e que trejeitos esquisitos!" (O mensageiro pulava e se contorcia como uma enguia, com as mãos abertas feito um leque).

"Que nada", disse o Rei. "É um mensageiro Anglo-Saxão, e esses são trejeitos anglo-saxões. Ele só faz isso quando está contente. Seu nome é Lerbe."

"Amo meu amor com um L", Alice não pôde se conter, "porque ele é Lindo. Eu o odeio com um L, pois é Louco. Eu o alimento com... com... Laranjas e Limões. Seu nome é Lerbe e ele mora..."

"Mora no Lago", completou o Rei, sem se dar conta de que entrava no jogo, enquanto Alice ainda se esforçava para se lembrar do nome de alguma cidade com a letra L. "O outro Mensageiro se chama Chaplero. Preciso de dois, sabe, para ir e voltar. Um vai, o outro volta."

"Perdão?", disse Alice.

"Está perdoada", falou o Rei.

"Não, apenas queria dizer que não entendi", explicou ela. "Por que um vai e outro volta?"

"Já não falei?", retrucou o Rei, impaciente. "Preciso de dois: para buscar e trazer. Um busca, o outro traz."

Naquele momento, chegou o Mensageiro. Estava ofegante demais para falar e só conseguiu acenar com as mãos, fazendo as caretas mais bizarras para o pobre Rei.

"Esta mocinha o ama com um L", disse o Rei, apresentando Alice na esperança de desviar a atenção do Mensageiro. Não adiantou nada: os trejeitos anglo-saxões se acentuaram ainda mais, e seus olhos enormes giravam loucamente.

"Você está me assustando!", disse o Rei. "Estou ficando zonzo... dê-me uma laranja!"

Para surpresa de Alice, o Mensageiro abriu a bolsa pendurada no pescoço e dela tirou uma laranja, que o Rei devorou.

"Outra!", ordenou o Rei.

"Agora só restaram limões", disse o Mensageiro, ao espiar o conteúdo da bolsa.

"Que seja", murmurou o Rei, em débil sussurro.

Alice ficou contente de ver como as frutas o revigoraram.

"Nada como limões quando estamos zonzos", comentou enquanto chupava a fruta.

"Acho que água gelada no rosto seria melhor", sugeriu Alice, "ou sais."

"Não disse que era melhor", corrigiu o Rei. "Disse 'nada como limões'." Alice não protestou.

"Com quem cruzou na estrada?", indagou o Rei, estendendo a mão para que o Mensageiro lhe desse outro limão.

"Ninguém."

"Certo", disse o Rei. "A mocinha aqui também o viu. Ninguém deve andar mais devagar do que você."

"Faço meu melhor", disse o Mensageiro, melindrado. "Tenho certeza de que ninguém anda mais depressa do que eu!"

"Não creio", disse o Rei. "Nesse caso, teria chegado primeiro. Bom, agora que já recuperou o fôlego, conte-nos o que aconteceu na cidade."

"Vou sussurrar", falou o Mensageiro, aproximando-se da orelha do Rei com as mãos em concha. Alice ficou frustrada, pois também queria ouvir as novidades. O Mensageiro, porém, em vez de sussurrar, berrou a plenos pulmões: "Estão se engalfinhando de novo!".

"Você chama isso de sussurro?", lamentou o pobre Rei que, sobressaltado, tremeu dos pés à cabeça. "Se fizer isso de novo, vou ordenar que untem você com manteiga! O som ribombou na minha cabeça como terremoto!"

"Deve ter sido um terremoto bem pequeno então!", pensou Alice. "Quem está se engalfinhando com quem?", indagou.

"Ora, o Leão e o Unicórnio, é claro", respondeu o Rei.

"Brigando pela coroa?"

"Sim, obviamente", disse o Rei. "E a melhor parte da piada é que se trata da *minha* coroa! Vamos correr até lá para vê-los." Assim, partiram em disparada. Enquanto corriam, Alice entoava os versos da velha canção:

> *O Leão e o Unicórnio brigavam pela coroa:*
> *O Leão deu no Unicórnio uma surra da boa.*
> *Ganharam pães e bolos cheios de sabor,*
> *Mas foram expulsos à toque de tambor!*

"O vencedor... vai... conquistar a coroa?", perguntou ela quando pausou para respirar, pois a corrida a deixava sem fôlego.

"Claro que não!", exclamou o Rei. "Que ideia!"

"Será que... por gentileza...", pediu Alice, após correr mais um pouco, "vocês poderiam parar... um instante... para recuperarmos... o fôlego?"

"Sou gentil", respondeu o Rei, "mas não tenho forças. Sabe, um instante é tempo à beça. É mais fácil tentar deter um Grudementem!"

Alice não conseguia mais falar, então avançou em silêncio. Por fim, avistaram uma multidão reunida em volta do Leão e do Unicórnio, que de fato brigavam. Estavam envoltos por uma nuvem de poeira tão espessa que Alice custou a ver quem era quem; acabou distinguindo o Unicórnio pelo chifre.

Pararam próximos ao Chaplero, o outro Mensageiro, que acompanhava a briga com xícara de chá na mão e um pedaço de pão com manteiga na outra.

"Acabou de sair da prisão e foi preso sem sequer terminar seu chá", cochichou Lerbe para Alice. "Como só lhe deram ostras quando estava na cadeia, está faminto e sedento. Como vai, meu velho?", indagou ao abraçar cordialmente o Chaplero.

O Chaplero olhou para trás, acenou com a cabeça e continuou concentrado no pão com manteiga.

"Divertiu-se na prisão, meu velho?", perguntou Lerbe.

Chaplero tornou a olhar para trás e, desta vez, duas lágrimas escorreram pelas faces, mas permaneceu mudo.

"Fale alguma coisa!", disse Lerbe, impaciente. Mas Chaplero não parou de mastigar e bebericar seu chá.

"Fale alguma coisa!", ordenou o Rei. "Como estão se saindo estes dois?"

Com tremendo esforço, Chaplero engoliu um pedaço generoso de pão com manteiga. "Muito bem", respondeu, engasgado. "Cada um caiu oitenta e sete vezes."

"Será então que logo ganharão os pães?", indagou Alice.

"Já estão à espera dos dois", respondeu Chaplero, "e estou comendo um pedaço."

Naquele exato momento, fez-se pausa na briga, e o Leão e o Unicórnio se sentaram, ofegantes. O Rei gritou: "Dez minutos para o lanche!".

Lerbe e Chaplero imediatamente se puseram a trabalhar e carregaram bandejas de pães. Alice provou um pedacinho, mas estava muito seco.

"Não creio que retomem a briga hoje", disse o Rei para Chaplero. "Peça para soarem os tambores." Chaplero saiu pulando como um gafanhoto.

Alice observou-o em silêncio. De repente, ficou eufórica. "Olhem, olhem!", gritou, apontando freneticamente. "Lá vai a Rainha Branca, correndo! Saiu voando do bosque... Como essas Rainhas são velozes!"

"Deve estar fugindo de algum adversário, não tenho dúvida", disse o Rei, sem sequer olhar ao redor. "O bosque está repleto deles."

"Mas não vai correr para ajudá-la?", perguntou Alice, surpresa com a tranquilidade do Rei.

"Não vai adiantar nada!", respondeu ele. "Ela corre muito depressa, é mais fácil deter um Grudementem! Mas vou fazer uma nota a respeito. Ela é um amor de pessoa", repetiu para si mesmo e abriu o caderno de anotações. "'Pessoa' tem dois 'S'?"

Naquele instante, o Unicórnio passou por eles, com as mãos nos bolsos. "Levei a melhor desta vez?", perguntou ao Rei, olhando-o de soslaio.

"Mais ou menos, mais ou menos", respondeu o Rei, um pouco nervoso. "Não devia tê-lo atravessado com o chifre, sabe."

"Ele não se machucou", disse o Unicórnio, displicente. Ia passar direto, mas seus olhos bateram em Alice: virando-se imediatamente, fitou-a com ar de profundo asco.

"O que é isso?", perguntou afinal.

"Uma criança!", Lerbe precipitou-se em responder, ao pular na frente de Alice para apresentá-la, e estendeu as mãos em sua direção com trejeitos anglo-saxões. "Nós a encontramos hoje, ela é de verdade, em tamanho natural!"

"Sempre achei que fossem monstros imaginários!", exclamou o Unicórnio. "Está viva?"

"Até fala", declarou Lerbe, muito solene.

O Unicórnio lançou para Alice um olhar sonhador. "Fale, criança."

Alice não pôde segurar o sorriso ao dizer: "Sabe, sempre pensei que Unicórnios fossem monstros imaginários também! Nunca tinha visto um de verdade!".

"Bem, agora que nos vimos", disse o Unicórnio, "se você acreditar na minha existência, acredito também na sua. Estamos combinados assim?"

"Se for do seu agrado", respondeu Alice.

"Vamos, busque o bolo, meu velho!", prosseguiu o Unicórnio, virando-se para o Rei. "Nada de pão para mim!"

"Claro... claro!", murmurou o Rei e chamou a Lerbe. "Abra a bolsa!", cochichou. "Depressa! Não essa, só tem limões!"

Lerbe apanhou um bolo enorme da bolsa e deu para Alice segurar, enquanto tirava também prato e faca. Alice não fazia ideia de como cabia tanta coisa lá dentro, Lerbe parecia um mágico fazendo truques com a cartola, pensou.

Neste meio tempo, o Leão se juntara ao grupo. Parecia exausto e sonolento, com os olhos semicerrados. "O que é isso?", perguntou, piscando com indolência para Alice, com voz tão grave que parecia o badalo de um grande sino.

"Pois é!", exclamou o Unicórnio, entusiasmado. "Você nunca vai adivinhar! *Eu* não consegui."

O Leão examinou Alice com fastio. "Você é um animal... um vegetal... ou um mineral?", perguntou, bocejando a cada palavra.

"É um monstro imaginário!", gritou o Unicórnio antes que Alice respondesse.

"Passe o bolo para cá, Monstro", ordenou o Leão, que se deitou e apoiou o queixo em uma das patas. "Sentem-se, vocês dois", disse para o Rei e o Unicórnio. "Sem trapaças com o bolo, hein?"

O Rei estava visivelmente desconfortável, vendo-se forçado a sentar entre as duas criaturas, mas não lhe sobrara outro lugar.

"Que luta poderíamos ter *agora* pela coroa!", comentou o Unicórnio, com olhar malicioso para a coroa, que estava quase caindo da cabeça do pobre Rei, de tanto que ele tremia.

"Eu ganharia fácil", disse o Leão.

"Não tenho tanta certeza", provocou o Unicórnio.

"Ora essa, eu te dei uma bela surra por toda a cidade, seu covarde!", retrucou o Leão, furioso, ameaçando se levantar.

O Rei interrompeu a discussão, para evitar a briga. Estava muito nervoso e a voz falhava: "Por toda a cidade?", perguntou. "É bastante chão. Passaram pela velha ponte ou pelo mercado? A melhor vista é da velha ponte."

"Não sei", grunhiu o Leão, voltando a se deitar. "Era tanta poeira que não enxerguei nada. Mas como o Monstro é mole, está levando uma eternidade para cortar esse bolo!"

Alice sentara-se à margem do riacho e, equilibrando o prato enorme nos joelhos, tentava fatiar o bolo com a faca.

"Que irritante!", disse em resposta ao comentário do Leão (já estava se habituando a ser chamada de "Monstro"). "Já cortei várias fatias, mas elas grudam novamente!"

"Você não sabe lidar com os bolos do Mundo do Espelho", disse o Unicórnio. "Sirva primeiro e corte depois."

Parecia loucura, mas Alice levantou-se muito obediente e passou o prato, servindo. O bolo dividiu-se sozinho em três fatias.

"Agora, corte", disse o Leão assim que ela voltou ao seu lugar com o prato vazio.

"Ora, não é justo!", gritou o Unicórnio, enquanto Alice, sentada com a faca na mão, mal sabia por onde começar. "O Monstro serviu o Leão duas vezes!"

"Mas não pegou nenhuma fatia para ela", disse o Leão. "Você gosta de bolo, Monstro?"

Antes que Alice pudesse responder, os tambores rufaram.

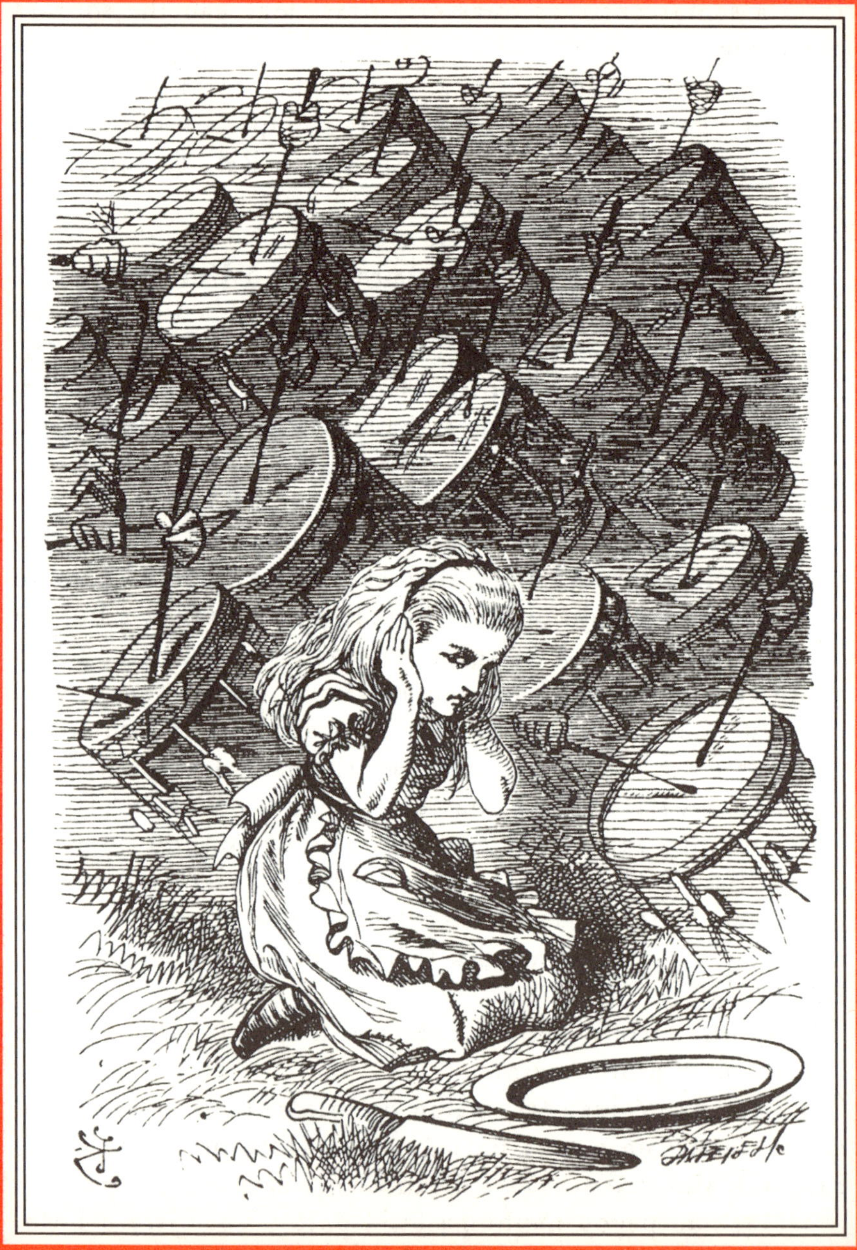

Não conseguia identificar de onde vinha o barulho, mas parecia estar por toda parte, ressoando em sua cabeça até deixá-la praticamente surda. Levantou-se num pulo, atravessou o riacho em pânico

*   *   *   *   *

   *   *   *   *

e só teve tempo de ver o Leão e o Unicórnio, já de pé e furiosos por terem o banquete interrompido, antes de cair de joelhos no chão, tapar as orelhas com as mãos e tentar em vão bloquear o barulho ensurdecedor.

"Se esse toque de tambor não os expulsar", pensou, "nada mais vai!"

ALICE

CAPÍTULO 8

"É UMA INVENÇÃO MINHA"

O BARULHO PARECEU DIMINUIR AOS POUCOS, até que o silêncio absoluto pairou ao redor e Alice ergueu a cabeça, assustada. Não havia ninguém à vista, e seu primeiro pensamento foi que sonhara com o Leão, o Unicórnio e os estranhos mensageiros anglo-saxões. No entanto, a seus pés avistou o prato enorme em que tentara cortar o bolo em fatias. "Então, não era sonho", comentou consigo mesma, "a não ser... a não ser que sejamos todos parte do mesmo sonho. Só espero que seja o *meu* sonho, e não do Rei Vermelho! Não me agrada a ideia de ser parte do sonho de outra pessoa", queixou-se. "Que vontade danada de acordá-lo e ver o que acontece!"

Naquele momento, seus pensamentos foram interrompidos por gritaria: "Ei! Ei! Xeque!". Um Cavaleiro de armadura escarlate aproximou-se à galope, brandindo imensa clava. Ao alcançar Alice, o cavalo parou de supetão. "Você é minha prisioneira!", gritou o Cavaleiro, caindo do cavalo.

Embora tivesse tomado um susto e tanto, Alice temeu mais por ele do que por si mesma e aguardou, apreensiva, até que o Cavaleiro montasse de volta no cavalo. Assim que se acomodou confortavelmente na sela, disse: "Você é minha...", mas foi interrompido por outra voz que repetiu: «Ei! Ei! Xeque!», e Alice, muito surpresa, olhou para trás para ver quem era o novo inimigo.

Desta vez, era o Cavaleiro Branco. Tentou apear ao lado de Alice, mas tombou do cavalo tal como o Cavaleiro Vermelho. Depois que montou novamente, os dois Cavaleiros ficaram sentados, entreolhando-se em silêncio. Alice olhava de um para o outro, perplexa.

«Ela é minha prisioneira!», disse afinal o Cavaleiro Vermelho.

«Eu sei, mas cheguei para resgatá-la!», retrucou o Cavaleiro Branco.

«Bem, então vamos duelar por ela», disse o Cavaleiro Vermelho, pegando seu capacete (pendurado na sela e com formato de cabeça de cavalo) e colocando-o sem demora.

«Vai respeitar as Regras da Batalha, certo?», questionou o Cavaleiro Branco, que também pôs o capacete.

«Respeito sempre», respondeu o Cavaleiro Vermelho. Duelaram com tamanha fúria que Alice precisou se esconder atrás da árvore para se proteger dos golpes.

«Gostaria de saber quais são as Regras da Batalha», ela pensou, enquanto discretamente espiava o duelo de seu esconderijo. «Uma das Regras parece obrigar um Cavaleiro a sempre derrubar o adversário quando o atinge e a tombar ele próprio no chão quando erra... A outra, a segurarem as clavas com os braços, como se não passassem de marionetes... E que barulhão fazem ao cair! Parecem uma pilha de atiçadores de lareira despencando! E que cavalos tão mansos! Permitem que subam e desçam deles como se fossem mesas!»

Outra Regra da Batalha, que Alice não observara, era que sempre pareciam cair de cabeça. A batalha terminou com ambos caindo dessa maneira, lado a lado; quando se reergueram, trocaram um aperto de mão, e o Cavaleiro Vermelho montou no cavalo e partiu.

«Foi uma vitória gloriosa, não acha?», perguntou o Cavaleiro Branco, ainda ofegante.

«Não sei», hesitou Alice. «Não quero ser prisioneira de ninguém, quero ser Rainha.»

"Será, quando cruzar o próximo riacho", disse o Cavaleiro Branco. "Vou acompanhá-la e garantir sua segurança até o limite do bosque, mas tenho que voltar de lá, você sabe. É o fim do meu movimento."

"Muito obrigada", agradeceu Alice. "Posso ajudá-lo com o capacete?" Era evidente que não conseguia tirar sozinho, mas com a ajuda de Alice, finalmente ficou livre da peça.

"Agora consigo respirar melhor", disse o Cavaleiro, passando as mãos na cabeça para afastar o cabelo desalinhado da testa e fitando Alice com rosto gentil e grandes olhos meigos. Ela concluiu que jamais tinha visto soldado com aparência tão estranha em toda a sua vida.

Usava uma armadura de lata que não parecia muito confortável e trazia uma esquisita caixinha de madeira presa no ombro, de cabeça para baixo, com a tampa aberta. Alice a observou, curiosíssima.

"Vejo que está admirando minha caixinha", comentou o Cavaleiro, simpático. "É uma invenção minha, para armazenar roupas e sanduíches. Carrego de cabeça para baixo para não entrar chuva."

"Mas as coisas podem cair", observou Alice, muito gentil. "Você sabe que a tampa está aberta?"

"Não sabia", disse o Cavaleiro, um tanto chateado. "Então deve ter caído tudo pelo caminho! A caixa não serve para nada." Assim, soltou a caixinha e estava prestes a arremessá-la entre os arbustos quando uma ideia repentina lhe ocorreu e decidiu pendurá-la cuidadosamente na árvore. "Sabe por que fiz isso?", perguntou a Alice.

A menina fez um gesto negativo com a cabeça.

"Com sorte, as abelhas farão nela um ninho... e vou poder colher o mel."

"Mas você tem uma colmeia, ou algo bem parecido com uma, presa na sela", disse Alice.

"Sim, uma ótima colmeia", respondeu, desanimado, "uma das melhores, mas nem uma única abelha se aproximou dela. Tenho também uma ratoeira, acho que os camundongos espantam as abelhas, ou as abelhas espantam os camundongos, não sei."

"Estava mesmo pensando para que servia a ratoeira", disse ela. "Não devem surgir muitos camundongos quando se está em um cavalo."

"Não é muito provável, de fato", concordou o Cavaleiro. "Mas, se aparecer algum, não terá como escapar."

Após pausa, prosseguiu: "Sabe, é melhor andar prevenido. É por isso que meu cavalo tem todas estas tornozeleiras nas patas".

"Para que servem?", perguntou Alice, muito curiosa.

"Para proteger de mordidas de tubarões", explicou o Cavaleiro. "É uma invenção minha. Agora vamos, vou te levar até o limite do bosque. Para que serve este prato?"

"Era para um bolo", disse Alice.

"Melhor levarmos", falou o Cavaleiro. "Vai que encontramos um bolo pelo caminho... Ajude-me a colocar na sacola."

Levaram um bom tempo para conseguir fazer isso, pois, embora Alice abrisse bem a sacola, o Cavaleiro tinha muita dificuldade de encaixar o prato lá dentro; nas primeiras duas ou três tentativas, ele próprio caiu na sacola. "Não sobrou muito espaço", disse por fim. "Está cheia de castiçais." Ele pendurou a sacola na sela, já carregada com cenouras, atiçadores e outras coisas.

"Seu cabelo está bem preso?", prosseguiu ele, assim que partiram.

"Não mais do que o normal", respondeu Alice, sorrindo.

"Não é o bastante", respondeu, preocupado. "O vento aqui é fortíssimo. Forte como sopa."

"Você já inventou alguma coisa para prender bem o cabelo?", indagou Alice.

"Ainda não", respondeu o Cavaleiro. "Mas sei um truque para que não caia."

"Adoraria ouvi-lo."

"Primeiro, você pega um graveto", explicou o Cavaleiro. "Depois, prende o cabelo no alto, como uma trepadeira. O que faz o cabelo cair é porque o deixamos pendurado... Nada despenca para cima, não é? Então inventei esse truque. Pode testar, se quiser."

Não parecia muito confortável, pensou Alice, e por alguns minutos caminhou em silêncio, enquanto ponderava, parando de tempos em tempos para ajudar o pobre Cavaleiro, que não montava muito bem.

Sempre que o cavalo apeava (o que acontecia com frequência), o Cavaleiro caía para a frente, e sempre que o animal tornava a andar (normalmente de forma repentina), ele caía para trás. Fora isso, não era assim tão ruim, a não ser pelo hábito de escorregar vez ou outra para os lados — geralmente, bem para o lado onde estava Alice, que logo percebeu que era melhor não caminhar tão perto do cavalo.

"Acho que você não tem muita prática em equitação", arriscou-se Alice a dizer enquanto o ajudava a se erguer depois do quinto tombo.

O Cavaleiro pareceu surpreso e um pouco ofendido com o comentário.

"Por que diz isso?", indagou ao montar desajeitado na sela, agarrando-se no cabelo de Alice com a mão para não escorregar para o outro lado.

"Porque as pessoas com prática não caem tanto assim."

"Tenho muita prática", disse o Cavaleiro, seríssimo, "muita prática mesmo!"

Alice não conseguiu pensar em nada para dizer além de: "É mesmo?", mas disse com o tom mais sincero possível. Prosseguiram em silêncio, com o Cavaleiro de olhos fechados, resmungando sozinho, e Alice tensa, temendo o próximo tombo.

"A arte da equitação", disse o Cavaleiro de repente em voz alta, sacudindo o braço direito enquanto falava, "consiste em se manter..."

A frase terminou tão depressa quanto começou, pois o Cavaleiro tombou de cabeça exatamente no local por onde Alice caminhava. Dessa vez, levou um susto e tanto e perguntou, preocupada, enquanto o ajudava a se levantar: "Será que quebrou algum osso?".

"Nenhum importante", respondeu o Cavaleiro, como se não se importasse em quebrar dois ou três. "A arte da equitação, como ia dizendo, consiste em se manter em equilíbrio. Assim, veja..."

Ele soltou as rédeas e esticou os braços para mostrar a Alice o que queria dizer, mas logo caiu de costas, bem debaixo das patas do cavalo.

"Muita prática!", repetiu enquanto Alice o ajudava mais uma vez a se levantar. "Muita prática!"

"É insano!", gritou Alice, que perdeu a paciência. "Você devia andar em um cavalo de pau com rodinhas, isso sim!"

"São mais mansos?", perguntou o Cavaleiro, muito interessado, passando os braços ao redor do pescoço do cavalo, para evitar assim uma nova queda.

"Muito mais do que um de verdade", respondeu Alice, sem poder conter a risada.

"Vou arrumar um desses", disse pensativo. "Um ou dois... ou vários."

Após um breve silêncio, o Cavaleiro prosseguiu: "Tenho talento para invenções. Ouça, decerto notou que estava bem pensativo na última vez em que me ajudou, não?".

"Estava mesmo um pouco sério", respondeu Alice.

"Pois estava justamente inventando um novo jeito para ultrapassar portões... Quer ouvir?"

"Quero sim", respondeu ela, muito educada.

"Vou contar como a ideia me ocorreu", disse o Cavaleiro. "Sabe, pensei comigo mesmo: 'o único problema são os pés: a cabeça já está bem alta'. Ora, primeiro coloco minha cabeça no alto do portão... depois, planto bananeira... meus pés se elevam ao máximo, viu? E logo passei para o outro lado."

"Sim, imagino que dê para passar por cima do portão assim", disse Alice, pensativa. "Mas não é um método muito complicado?"

"Ainda não tentei", respondeu o Cavaleiro, bem sério, "de modo que não posso atestar com certeza... Mas acho um pouco complicado, sim."

Parecia tão descontente que Alice mudou depressa de assunto.

"Que capacete diferente o seu!", disse Alice, sorridente. "Inventado por você também?"

O Cavaleiro olhou com orgulho para o capacete, pendurado na sela.

"Foi", disse, "mas inventei outro melhor ainda, como um cone de açúcar. Quando o usava, se caísse do cavalo, ele encostava no chão antes. O que encurtava bastante a queda, como pode imaginar. O problema era cair *dentro* do capacete, é claro. Aconteceu comigo uma vez... E o pior foi que, antes que saísse de lá, o Cavaleiro Branco surgiu e o colocou, pois achou que fosse o capacete dele."

O Cavaleiro relatou isso com tanta seriedade que Alice não ousou rir.

"Você deve tê-lo machucado", disse a menina, tentando conter o riso, "sentado em seu cocuruto."

"Tive que chutá-lo, é claro", confirmou o Cavaleiro, circunspecto. "Ele então tirou o capacete, mas foram horas e horas até conseguirem me resgatar lá de dentro. Fiquei entalado como um... coelho na cartola, sabe."

"Mas é bem diferente", discordou Alice.

O Cavaleiro sacudiu a cabeça. "Foi uma mágica difícil de executar, posso garantir!", exclamou. Ao dizer isso, ergueu as mãos agitado e, instantaneamente, escorregou da sela e caiu de cabeça em um fosso profundo.

Alice correu para a margem para acudi-lo, pois ficou assustada com a queda; embora tenha se saído bem por um tempo, temia que tivesse se machucado de verdade desta vez. No entanto, ainda que não conseguisse ver nada além da sola dos seus sapatos, ficou aliviada ao notar que ele continuava falando normalmente. "Difícil de executar", repetiu ele, "mas foi mal-educado da parte dele colocar o capacete de outra pessoa... com a pessoa dentro, ainda por cima."

"Como consegue continuar a conversa de cabeça para baixo?", indagou Alice, puxando-o pelos pés e para ajudá-lo a sentar à margem do fosso.

O Cavaleiro pareceu surpreso com a pergunta.

"Que diferença faz a posição do meu corpo?", disse. "Minha mente continua funcionando da mesma maneira. Para falar a verdade, de cabeça para baixo tenho ainda mais ideias para novas invenções."

Após pausa, prosseguiu: "A coisa mais inteligente que já inventei foi um novo pudim enquanto serviam carne no jantar".

"A tempo de ser assado para o prato seguinte?", quis saber Alice.

"Bem, não o seguinte", disse o Cavaleiro, em tom pensativo, "definitivamente, não para o seguinte."

"Então deve ter ficado para o dia seguinte, ou foram dois pudins no mesmo jantar?"

"Bem, não para o dia seguinte", repetiu o Cavaleiro, "não para o dia seguinte. Na verdade", continuou, abaixando a cabeça e falando com um fiapo de voz, "acho que sequer chegaram a assar o pudim! Na verdade, acho que jamais será assado! No entanto, era uma invenção e tanto!"

"Ia ser de que, o pudim?", perguntou Alice, tentando animá-lo um pouco, pois o pobre Cavaleiro parecia bem frustrado.

"A receita começava com mata-borrão", respondeu o Cavaleiro, num gemido.

"Acho que não ia ficar muito gostoso..."

"Não ia ficar gostoso *sozinho*", interrompeu, precipitando-se para explicar, "mas não faz ideia de como o gosto muda quando misturamos outros ingredientes, como pólvora e selo de vela. E aqui preciso deixá-la." Haviam chegado ao fim do bosque.

Alice foi pega de surpresa, pois ainda pensava no pudim.

"Você está triste", preocupou-se ele. "Deixe-me cantar uma canção para consolá-la."

"É muito grande?", perguntou Alice, pois já ouvira poesia em excesso naquele dia.

"É grande", disse o Cavaleiro, "mas muito, muito bonita. Todos que me ouvem cantá-la ou ficam com lágrimas nos olhos, ou..."

"Ou o quê?", perguntou Alice, pois o Cavaleiro fizera uma pausa súbita.

"Ou não ficam. O nome da canção é chamado de 'Olhos de Hadoque'."

"A canção se chama, você quer dizer", corrigiu Alice, tentando se interessar.

"Não, você não entendeu", explicou o Cavaleiro, um pouco impaciente. "O nome é chamado assim. A canção é 'O Velho Envelhecido'."

"Então, deveria ter perguntado 'como é chamada a canção'", corrigiu Alice.

"Não, não deveria, são coisas diferentes! A canção é chamada de 'Meios e Métodos', mas isso é apenas como é chamada!"

"Bem, como é a canção, afinal?", perguntou Alice que, àquelas alturas, já estava mais do que perdida.

"Eu ia chegar lá", disse o Cavaleiro. "A canção é: 'Parado diante do Portão', e a melodia é uma invenção minha."

Assim, parou o cavalo e deixou as rédeas caírem soltas no pescoço do animal. Bem devagar, marcando o tempo com a mão, e com discreto sorriso iluminando seu rosto terno e abobado, como se a melodia o agradasse, cantou.

De todas as coisas estranhas que Alice viu em sua viagem pelo Mundo do Espelho, esta foi a que iria recordar para sempre com mais clareza. Anos mais tarde, a cena permaneceria tão fresca na memória como se tivesse acontecido na véspera: os doces olhos azuis e o simpático sorriso do Cavaleiro, os raios do sol poente banhando o cabelo e iluminando a armadura que, de tão brilhante, chegava a incomodar seus olhos... o cavalo manso, com as rédeas soltas, mastigando o capim a seus pés... as sombras da floresta ao fundo... tudo isso ela admirou como uma pintura enquanto, protegendo os olhos com a mão na testa, encostou-se observando a dupla peculiar e ouvindo, como se sonhasse, a melodia melancólica da canção.

"Mas esta melodia não é invenção dele", disse para si mesma, "é 'Dou-te tudo e mais um pouco'." Ouviu com bastante atenção, mas nenhuma lágrima brotou no olho.

Narrarei o acontecido
Em forma de canção.
Vi um velho envelhecido
Parado diante do portão.
Quis saber quem ele era
E o modo como vivia,
Sua resposta foi sincera
E clara como o dia.

"Eu caço as borboletinhas
Que dormem no relvado,
Transformo em tortinhas
E as vendo no mercado.
Vendo-as para marinheiros
Que singram o mar turbulento,
Assim ganho meus dinheiros
Assim faço meu sustento."

Pensando num plano engenhoso
Para deixar o bigode verdinho
E, com um leque bem vistoso,
Deixá-lo sempre escondidinho.
Fiquei sem saber o que diria
A um velhinho tão astuto,
Perguntei então como vivia
E toquei em seu cocuruto.

Ele relatou sua sina,
Dizendo que não era bobo,
Sempre que ia à colina
Ateava tudo em fogo.
As cinzas ele vendia
Ao fabricante de óleo.
Ganhava uma mixaria,
Mas não se metia em imbróglio.

Pensando num bom jeito
De só de massa me alimentar
E conseguir o grande feito
De diariamente engordar,
O velho então eu sacudi
Até ele não ter mais saída.
"Diga-me quem você é", exigi,
"E como ganha a vida!"

"Caço olhos de hadoque de banquete
Entre os canteiros de flores
E transformo em botão de colete
Para distintos senhores.
Não vendo por prata nem ouro,
Moeda de cobre me serve
Não juntei nenhum tesouro,
Mas não perdi minha verve.

Às vezes busco pão com queijo,
Do topo da montanha ao sopé,
Monto ardis para caranguejo
E cato rodas de cabriolé.
É assim que tenho vivido,
Tapeando a sorte, amiúde,
Gostei de o ter conhecido
E agora bebo à sua saúde!"

Desta vez ouvi direitinho,
Pois minha ideia era traçada:
Se postas de molho no vinho,
Não há ponte enferrujada.

Agradeci pela informação
E enalteci sua coragem.
"Senhor, quanta gratidão
Beber em minha homenagem!"

E agora sempre que sem querer
Prendo meus dedos numa cola
Ou calço os sapatos sem ver
Que confundi cadarço e sola,
Quando dou uma topada
Em um móvel que nunca vi,
Sinto uma saudade danada
Deste velho que conheci.

Jeito meigo, cheio de emoção,
Cabelo branco como algodão,
Rosto tímido de pássaro fujão,
Olhos pretos como feijão,
Cabisbaixo, fita o chão,
Carrega o peso da solidão,

Anda a esmo, sem direção,
Velho de alma e de coração
Que encontrei, de supetão,
Há tempos, naquele verão,
Parado diante do portão.

Enquanto entoava as derradeiras palavras da canção, o Cavaleiro apanhou as rédeas e conduziu o cavalo pela estrada por onde vieram. "Faltam apenas alguns metros", disse, "basta descer a colina, atravessar o riacho e então será Rainha. Mas pode esperar um pouco e acompanhar minha partida?", acrescentou, enquanto Alice olhava ansiosa para o caminho que ele indicara. "Não vou demorar muito, poderia esperar e acenar com o lenço quando eu estiver prestes a fazer a curva? Acho que vai me dar ânimo, sabe."

"Claro que espero", disse Alice, "e muito obrigada por ter me acompanhado até aqui. E pela canção também, gostei muito."

"Espero que sim", disse o Cavaleiro, um tanto desconfiado, "mas não chorou tanto quanto imaginei que fosse chorar."

Despediram-se com um aperto de mãos, e o Cavaleiro cavalgou sem pressa floresta adentro. "Espero que não demore muito", pensou Alice, observando-o se afastar. "Lá vai ele! De cabeça, como sempre! Mas como se levanta depressa... Ter tantas coisas penduradas no cavalo deve ajudar..." Assim ela ficou, falando sozinha, enquanto acompanhava com o olhar o cavalo avançando pela estrada e o Cavaleiro escorregando da sela, primeiro para um lado e depois para o outro. Depois da quarta ou quinta queda, ele chegou à curva. Alice acenou com o lencinho e esperou até que ele desaparecesse de vista.

"Espero ter lhe dado algum ânimo", disse ela, enquanto se virava para descer a colina. "E, agora, rumo ao último riacho, para me tornar Rainha! Soa tão solene!" Mais alguns passos a conduziram até a margem do riacho. "A Oitava Casa, finalmente!", gritou, dando um salto

* * * *

e deitando-se para descansar na relva macia, cercada por canteiros de flores. "Que alegria ter chegado aqui! Mas o que é isso?", perguntou ela, perplexa, pondo as mãos em um objeto muito pesado ao redor da cabeça.

"Como veio parar aqui sem que eu percebesse?", perguntou a si mesma, erguendo-o e o colocando no colo para descobrir do que se tratava.

Era uma coroa dourada.

ALICE

CAPÍTULO 9

RAINHA ALICE

"**Q**UE MARAVILHA!**"**, **EXCLAMOU ALICE**. "Nunca imaginei me tornar Rainha tão cedo... Mas veja bem, majestade", admoestou em tom severo (tinha um fraco por censurar a si mesma), "não tem cabimento ficar largada na grama assim! Rainhas precisam se portar com mais dignidade!"

Levantou-se e pôs-se a caminhar — um pouco tensa, no início, com medo de deixar cair a coroa; lembrou-se, porém, de que não tinha ninguém por perto para vê-la, e o pensamento a tranquilizou. "Ademais, se sou mesmo uma Rainha", disse para si mesma, sentando-se novamente, "vou aprender direitinho com o tempo."

Os acontecimentos recentes eram tão estranhos que mal se surpreendeu ao se ver sentada entre a Rainha Vermelha e a Rainha Branca: gostaria de indagar como haviam chegado até ali, mas tinha medo de parecer mal-educada. No entanto, pensou, não seria descortês perguntar se o jogo tinha acabado.

"Por gentileza, poderiam me dizer...", começou ela, olhando timidamente para a Rainha Vermelha.

"Só fale quando falarem primeiro com você!", interrompeu a Rainha, ríspida.

"Mas, se todos obedecessem a essa regra", disse Alice, sempre pronta para uma discussão, "e se cada pessoa só falasse quando a outra pessoa falasse com ela primeiro, uma sempre esperaria a outra começar e ninguém diria nada, sendo assim..."

"Isso é ridículo!", gritou a Rainha. "Ora, você não vê, criança...", e parou de falar de repente, franziu a testa ao olhar Alice e, após refletir um instante, mudou bruscamente de assunto. "O que quis dizer com 'se sou mesmo Rainha'"? Quem lhe deu esse direito? Não pode ser Rainha, não até passar nos devidos testes. E quanto antes começarmos, melhor."

"Eu só disse 'se'!", suplicou a pobre Alice, em um tom de dar pena.

As duas Rainhas se entreolharam, e a Rainha Vermelha comentou, com calafrios: "Ela diz que só disse 'se'...".

"Mas disse muito mais do que isso!", resmungou a Rainha Branca, torcendo as mãos. "Ah, *muito* mais!"

"Disse mesmo", comunicou a Rainha Vermelha para Alice. "Fale sempre a verdade, pense antes de falar e anote tudo em seguida."

"De maneira alguma quis dizer que...", começou Alice, mas a Rainha Vermelha a interrompeu, impaciente.

"Acabo de reclamar exatamente disso! Deveria ter querido dizer! Para que acha que serve uma criança se não for para querer dizer o que diz? Até uma piada deve ter significado... e uma criança vale mais do que uma piada, espero. Não pode negar, nem mesmo com as duas mãos."

"Não nego nada com as mãos", protestou Alice.

"Ninguém disse que negava", disse a Rainha Vermelha. "Eu disse que não poderia."

"Ela está naquele estado de espírito", comentou a Rainha Branca, "de querer negar algo a todo custo... mas não sabe o quê!"

"Um temperamento deplorável, vergonhoso", reclamou a Rainha Vermelha. Fez-se então um silêncio constrangedor por alguns instantes.

A Rainha Vermelha quebrou o silêncio e disse à Rainha Branca: "Eu a convido para o jantar de Alice hoje à tarde".

A Rainha Branca retribuiu com débil sorriso e disse: "E eu a convido".

"Não sabia que teria um jantar", disse Alice, "mas, se acontecer, acho que eu mesma deveria chamar os convidados."

"Nós lhe demos a chance de fazê-lo", comentou a Rainha Vermelha, "mas, ao que parece, não teve muitas aulas de boas maneiras, não é mesmo?"

"Não se aprende boas maneiras nas aulas", retrucou Alice. "Aulas nos ensinam a somar, coisas assim."

"E você é boa de cálculos?", perguntou a Rainha Branca. "Quanto é um mais um mais um mais um mais um mais um mais um mais um mais um mais um?"

"Não sei", disse Alice. "Perdi a conta."

"Não sabe adição", interrompeu a Rainha Vermelha. "E subtração? Quanto é oito menos nove?"

"Oito menos nove não sei", respondeu Alice prontamente, "mas..."

"Não sabe subtração", disse a Rainha Branca. "E divisão? Quanto é um pão dividido por uma faca?"

"Acho que...", começou Alice, mas a Rainha Vermelha respondeu por ela.

"Pão com manteiga, é claro. Tente outra subtração: tirando um osso de um cachorro, o que sobraria?"

Alice refletiu um pouco. "Não sobraria o osso, é claro, se o tirasse... e o cachorro não sobraria também; iria me morder... e eu também não sobraria!"

"Então você acha que não sobraria nada?", indagou a Rainha Vermelha.

"Acho que essa é a resposta."

"Errada, como sempre", disse a Rainha Vermelha. "Sobraria a cabeça do cachorro."

"Não entendi..."

"Ora, como não?", gritou a Rainha Vermelha. "O cachorro perderia a cabeça, não é mesmo?"

"Talvez", respondeu Alice, hesitante.

"Sem osso, sobraria apenas a cabeça do cachorro!", exclamou a Rainha, radiante.

Alice disse, o mais séria possível: "Poderia ir cada um para um lado". Mas pensou consigo mesma: "Quanto disparate estamos falando!".

"Não sabe fazer nenhuma conta", disseram as duas Rainhas ao mesmo tempo, enfáticas.

"E você sabe?", perguntou Alice, virando-se de repente para a Rainha Branca, pois não suportava ser tão criticada.

A Rainha arfou e fechou os olhos. "Sei somar... se você me der tempo... Mas subtrair não sei de jeito nenhum!"

"Mas o abecedário você sabe, não?", perguntou a Rainha Vermelha.

"Claro que sei", respondeu Alice.

"Eu também sei", cochichou a Rainha Branca, "vamos repeti-lo várias vezes juntas, querida. Vou contar um segredo: sei ler palavras de uma letra só! Não é extraordinário? Mas não desanime, com o tempo, você aprende."

A Rainha Vermelha interrompeu-as. "Você sabe responder perguntas úteis?", indagou. "Como é feito o pão?"

"Isso eu sei!", gritou Alice, entusiasmada. "Você separa a farinha..."

"Separa de quem?", perguntou a Rainha Branca. "Não vivem no mesmo saco?"

"Separa para a receita", esclareceu Alice. "Você pega..."

"A receita a quer separada?", perguntou a Rainha Branca. "Você precisa explicar as coisas direito."

"Abane a cabeça dela!", interrompeu a Rainha Vermelha, nervosa. "Vai ficar febril após tanto esforço mental." Puseram-se então a abanar a cabeça de Alice com folhas soltas, até a menina implorar que a deixassem em paz, pois bagunçaram todo seu cabelo.

"Parece estar bem agora", disse a Rainha Vermelha. "Você sabe línguas? Como se diz 'affff' em francês?"

"'Affff' não é uma palavra do nosso idioma", respondeu Alice, muito séria.

"Quem disse que era?", perguntou a Rainha Vermelha.

Pela primeira vez, Alice vislumbrou uma saída daquela confusão:

"Se me disser qual o idioma de 'affff', digo como é a tradução em francês!", exclamou, triunfante.

Mas a Rainha Vermelha, toda empertigada, declarou: "Rainhas não fazem barganhas".

"Gostaria que Rainhas nunca fizessem perguntas", pensou Alice com seus botões.

"Não vamos brigar", disse a Rainha Branca, em tom de preocupação. "O que provoca o relâmpago?"

"O relâmpago é provocado...", falou Alice, muito decidida, pois era algo que sabia com certeza. "Pelo trovão... não, espere!", corrigiu-se depressa. "Quis dizer o contrário."

"Tarde demais para corrigir", disse a Rainha Vermelha. "Quando diz algo, aquilo é gravado e você precisa sofrer as consequências."

"Falando nisso", disse a Rainha Branca, abaixando a cabeça e abrindo e fechando as mãos, nervosíssima, "tivemos uma tempestade terrível terça-feira passada... Refiro-me a uma das últimas séries de terças-feiras."

Alice ficou intrigada.

"De onde venho", disse, "temos apenas um dia de cada vez."

A Rainha Vermelha disse:

"Mas que pobreza. Aqui, geralmente temos dois ou três dias e noites ao mesmo tempo e, às vezes, no inverno, chegamos a ter cinco noites de uma só vez... para esquentar mais, sabe."

"Cinco noites são mais quentes do que uma?", Alice arriscou-se a perguntar.

"Cinco vezes mais quentes, é claro."

"Mas, pelo mesmo raciocínio, deveriam ser cinco vezes mais frias..."

"Exatamente!", bradou a Rainha Vermelha. "Cinco vezes mais quentes e cinco vezes mais frias... assim como sou cinco vezes mais rica do que você, e cinco vezes mais inteligente!"

Suspirando, Alice desistiu de argumentar. "É exatamente como um enigma sem resposta!", pensou.

"Humpty Dumpty viu também", disse a Rainha Branca em voz baixa, mais como se falasse consigo mesma. "Apareceu na porta com um saca-rolhas na mão..."

"O que ele queria?", perguntou a Rainha Vermelha.

"Disse que ia entrar", prosseguiu a Rainha Branca, "porque procurava um hipopótamo. Acontece que não tinha nenhum hipopótamo na casa naquela manhã."

"Costuma ter?", perguntou Alice, surpresa.

"Bem, só às quintas-feiras", respondeu a Rainha.

"Sei o que ele procurava", disse Alice. "Queria castigar um peixe, pois..."

A Rainha Branca interrompeu novamente:

"Uma tempestade terrível, você não faz ideia!" ("Nem teria como", pontuou a Rainha Vermelha.) "Parte do telhado despencou e o trovão invadiu a casa... ecoou em sucessão de estrondos... derrubou mesas e tudo mais... fiquei tão apavorada que esqueci meu próprio nome!"

Alice pensou consigo mesma: "Jamais tentaria lembrar meu nome no meio do caos! De que iria adiantar?". Mas não disse em voz alta, para não magoar a pobre Rainha.

"Majestade, deve desculpá-la", disse a Rainha Vermelha para Alice, tomando a mão da Rainha Branca e a acariciando com ternura. "Ela é bem-intencionada, mas não consegue se conter e acaba falando besteiras."

A Rainha Branca olhou acanhada para Alice, que sentiu que precisava dizer algo gentil, mas não conseguiu pensar em nada.

"Ela não recebeu lá uma boa educação", prosseguiu a Rainha Vermelha, "mas é impressionante como é dócil! Afague a cabeça e verá como fica satisfeita!"

Alice, no entanto, não tinha coragem de tentar nenhum afago.

"Basta lhe fazer um agradinho... ou colocar papelotes na cabeça... ela fica felicíssima..."

A Rainha Branca suspirou profundamente e deitou a cabeça no ombro de Alice. "Estou com tanto sono", gemeu.

"Está cansada, pobrezinha!", disse a Rainha Vermelha. "Acaricie o cabelo... empreste a touca de dormir... e cante canção de ninar bem suave para ela."

"Não tenho nenhuma touca de dormir aqui comigo", disse Alice, respondendo à primeira ordem, "e não conheço nenhuma canção de ninar suave."

"Sendo assim, eu mesma terei que cantar", falou a Rainha Vermelha e entoou a canção:

> *No colo de Alice, é bom cochilar.*
> *Ainda tem tempo, até o jantar!*
> *Acabado o banquete, é hora da festa.*
> *Aproveitemos, então, a nossa sesta!*

"Agora que já sabe a letra", disse ela, encostando a cabeça no outro ombro de Alice, "cante para mim, porque também estou ficando com sono."

Em pouco tempo, as duas Rainhas adormeceram e roncaram bem alto.

"O que vou fazer?", inquietou-se Alice, olhando atordoada ao redor, pois as duas cabeças redondas, uma depois da outra, rolaram dos ombros da menina e tombaram em seu colo como dois blocos de chumbo. "Acho que isso nunca aconteceu antes, alguém se ver obrigado a tomar conta de duas Rainhas adormecidas ao mesmo tempo! Nunquinha, em toda a História da Inglaterra... Seria impossível, pois nunca tivemos duas Rainhas ao mesmo tempo. Acordem, cabeças de chumbo!", ordenou com impaciência, mas a única resposta foi o ronco suave das Rainhas.

O ronco foi se tornando mais específico a cada minuto e soava como melodia. Por fim, discerniu até mesmo palavras e pôs-se a ouvi-las com tamanha atenção que, quando as cabeças desapareceram do seu colo, quase não deu por falta delas.

Alice estava agora diante de uma porta arqueada onde se liam as palavras "RAINHA ALICE" em letras enormes; em cada lado do arco, havia uma campainha. Em uma estava escrito "Campainha das Visitas"; na outra, "Campainha dos Criados".

"Vou esperar o fim da canção", pensou Alice, "então toco a campainha... mas qual devo escolher?" Estava intrigada com os nomes. "Não sou visita, mas também não sou criada, deveria ter uma onde estivesse escrito 'Rainha', ora..."

Naquele exato momento, a porta se entreabriu e uma criatura com bico comprido botou a cabeça para fora e disse: "Ninguém entra até a semana depois da semana que vem!". Depois fechou a porta com estrondo.

Alice bateu e tocou a campainha em vão por um bom tempo. Por fim, um Sapo muito velhinho, sentado sob uma árvore, se levantou e caminhou com dificuldade até ela. Vestia um traje em amarelo berrante e calçava botas enormes.

"O que houve agora?", perguntou o Sapo, em sussurro rouco.

Alice olhou para trás, ávida para se queixar com alguém. "Onde está o criado contratado para atender a porta?", perguntou, furiosa.

"Que porta?", indagou o Sapo.

A fala arrastada do Sapo deixou Alice tão enervada que teve ganas de pisotear o chão. "*Esta* porta, é claro!"

O Sapo contemplou a porta com seus enormes olhos baços por um instante. Depois, se aproximou e a esfregou com o polegar, como se tentasse verificar se a pintura descascava, e olhou para Alice.

"Para atender a porta?", perguntou. "O que a porta pede?" Sua voz era tão cavernosa que Alice mal conseguia ouvi-lo.

"Não entendi", disse ela.

"Estou falando nossa língua, não estou?", prosseguiu o Sapo. "Ou você é surda? O que ela pediu para você?"

"Nada!", respondeu Alice, impaciente. "Estou batendo nela!"

"Não deveria fazer isso... não deveria...", murmurou o Sapo. "Machuca, sabe." Ele foi até a porta e a chutou com seu avantajado pé. "Deixe-a em paz", disse, ofegante, arrastando-se trôpego de volta para a árvore, "e ela a deixará em paz também."

A porta então se escancarou e ouviu-se uma voz aguda cantar:

> *No Mundo do Espelho, disse Alice um dia à toa:*
> *"Tenho nas mãos o cetro, e na cabeça, a coroa,*
> *Convido todas as criaturas, distantes e vizinhas,*
> *Para jantar comigo e as outras duas Rainhas."*

Centenas de vozes se uniram para o refrão:

> *Então encham as taças sem pestanejar*
> *E enfeitem a mesa com botões e manjar,*
> *Coloquem gatos no café e ratos na cozinha,*
> *E trinta vezes três saudações à Rainha.*

Em seguida, ouviu-se uma balbúrdia entusiasmada, e Alice pensou consigo mesma: "Trinta vezes três dá noventa. Será que estão contando?". Fez-se súbito silêncio, e a mesma voz estridente entoou outra estrofe:

> *Criaturas do Espelho, aproximem-se sem medo,*
> *Não cheguem muito tarde, se puderem chegar cedo.*
> *É uma honra e um privilégio, ouçam o que digo,*
> *Poder jantar com as duas Rainhas e comigo!*

E o refrão:

> *Encham as taças com tinta e melado.*
> *O que quiserem beber, está liberado.*
> *Misturem seiva com cidra e areia com farinha,*
> *E noventa vezes nove saudações à Rainha.*

"Noventa vezes nove!", repetiu Alice, desesperada. "Não vai terminar nunca! Acho melhor entrar de uma vez..."

Assim que ela apareceu, fez-se silêncio absoluto.

Alice relanceou aflita para a mesa, enquanto caminhava pelo amplo salão, e reparou que parecia haver em torno de cinquenta convidados, de todos os tipos: alguns animais, algumas aves e até mesmo algumas flores.

"Que bom que vieram mesmo sem serem chamados", pensou. "Eu jamais saberia escolher os convidados certos!"

Havia três cadeiras à cabeceira da mesa; a Rainha Vermelha e a Rainha Branca já estavam acomodadas em duas delas, mas a do meio continuava vazia. Alice se sentou, um pouco incomodada com o silêncio, torcendo para que um dos presentes dissesse algo.

Por fim, a Rainha Vermelha disse:

"Você perdeu a sopa e o peixe." E ordenou: "Sirvam o assado!". Os garçons colocaram uma perna de carneiro na frente de Alice, que a fitou um pouco apreensiva, pois nunca tivera que cortar um assado antes.

"Parece um pouco encabulada, deixe-me apresentá-la para esta perna de carneiro", disse a Rainha Vermelha. "Alice... Carneiro... Carneiro, Alice." A perna de carneiro ergueu-se do prato e fez reverência para Alice, que retribuiu o cumprimento, sem saber se ficava assustada ou achava graça.

"Querem uma fatia?", ofereceu e, olhando para as Rainhas, apanhou garfo e faca.

"Claro que não", respondeu a Rainha Vermelha, muito convicta. "Não é educado fatiar um conhecido a quem acabou de ser apresentada. Recolham o assado!"

Os garçons obedeceram e trouxeram no lugar do carneiro um imenso pudim de ameixa.

"Por favor, não me apresentem ao pudim", disse Alice, depressa, "senão não vamos comer nada. Posso servi-las?"

Mas a Rainha Vermelha, que parecia aborrecida, resmungou: "Pudim, Alice... Alice, Pudim. Recolham o pudim!", e os garçons o levaram tão rápido que a menina não teve tempo nem mesmo de cumprimentar direito o doce.

Não achava justo, no entanto, que a Rainha Vermelha fosse a única ali a dar ordens, então, para experimentar, gritou: "Garçom! Traga o pudim de volta!", e, como um truque de mágica, o pudim reapareceu na sua frente. Era tão grande que ficou um pouco tímida, como ficara com o carneiro. Não foi fácil, mas venceu a timidez, cortou uma fatia e a ofereceu para a Rainha Vermelha.

"Quanta impertinência!", exclamou o Pudim. "Você gostaria se eu cortasse uma fatia sua, criatura?"

A voz do Pudim era encorpada e melosa, e Alice não conseguiu responder; apenas o encarou, boquiaberta.

"Fale alguma coisa", disse a Rainha Vermelha, "é ridículo deixar o Pudim puxando conversa sozinho!"

"Sabe, recitaram tanta poesia para mim hoje", começou Alice, abismada ao notar que, assim que abriu a boca, todos se calaram e a olharam fixo. "E o mais curioso é que acho que todos os poemas eram, de certa forma, sobre peixes. Sabe me dizer por que gostam tanto de peixe por aqui?"

Dirigira-se à Rainha Vermelha, cuja resposta fugiu um pouco do assunto. "Quanto aos peixes", disse em tom moroso e solene, aproximando a boca da orelha de Alice, "vossa majestade branca sabe um enigma adorável, todo composto em versos, sobre eles. Quer que ela o declame?"

"Vossa majestade vermelha é muito gentil em mencioná-lo", cochichou a Rainha Branca no ouvido de Alice, numa voz que soava como arrulho de pombo. "Adoraria recitá-lo! Posso?"

"Por favor", disse Alice, muito cortês.

A Rainha Branca riu, satisfeitíssima, e acariciou o rosto de Alice. Então começou:

Primeiro, o peixe precisa ser pego.
Moleza: um bebê poderia pegá-lo.
Depois, o peixe precisa ser comprado.
Moleza: um centavo poderia comprá-lo.

Agora, cozinhe o peixe!
Moleza, preparo em um minuto.
Arrume a posta no prato!
Moleza, já está arrumado.

Sirva-me! Quero jantar!
É mole esse peixe preparar
Levante o cloche do prato!
Dureza, não consigo levantar!

Parece grudado com cola,
A tampa no prato emperrada.
Vai ser moleza ou dureza
Descobrir esta charada?

"Reflita por um instante e depois tente adivinhar", disse a Rainha Vermelha. "Enquanto isso, beberemos à sua saúde... à saúde da Rainha Alice!", bradou e todos os convidados beberam imediatamente e de modo bastante peculiar: alguns viraram o copo na cabeça e sorveram a bebida que escorregou pelas faces, outros derrubaram as jarras e tomaram o vinho que entornou pelas quinas das mesas, e três convidados (que pareciam cangurus) derramaram o líquido no prato de carneiro assado e lamberam tudo, "como porcos num cocho!", pensou Alice.

"Você precisa se esmerar para fazer um belo de discurso de agradecimento", disse a Rainha Vermelha com a testa franzida para Alice.

"Vamos erguer sua moral", sussurrou a Rainha Branca, enquanto Alice se levantava para discursar, muito obediente, mas um tanto assustada.

"Muito obrigada", sussurrou Alice de volta, "mas posso fazer sozinha."

"Não seria nem um pouco conveniente", sentenciou a Rainha Vermelha, de modo que Alice tentou acatar de bom grado. ("E como ergueram!", contaria ela mais tarde, ao relatar a história da festa para a irmã. "Era como se quisessem me fazer alçar voo!")

De fato foi um pouco difícil permanecer no lugar em que estava enquanto fazia o discurso: as duas Rainhas a erguiam tanto, uma de cada lado, que Alice parecia suspensa no ar.

"Sinto-me nas alturas", começou Alice, de fato vários centímetros mais alta; por sorte, agarrou-se na quina da mesa e conseguiu retornar ao assento.

"Cuidado!", gritou a Rainha Branca, segurando o cabelo de Alice com as duas mãos. "Vai acontecer algo!"

Então (como Alice descreveria mais tarde), inúmeras coisas aconteceram de uma só vez. As velas se espicharam até o teto, parecendo um canteiro de juncos com fogos de artifício na ponta. As garrafas pegaram um par de pratos e os acoplaram depressa como se fossem asas e, com garfos como pernas, saíram voando para tudo que é lado. "Parecem mesmo pássaros", pensou Alice, tentando raciocinar em meio àquele assombroso deus nos acuda.

Ouviu então a risada rouca ao seu lado e virou-se para ver o que se passava com a Rainha Branca. Mas, em vez da Rainha, quem estava aboletada na cadeira era a perna de carneiro.

"Estou aqui", gritou a voz de dentro da terrina de sopa. Alice virou-se bem a tempo de ver o largo sorriso amistoso da Rainha reluzir por um instante na borda da terrina antes de ela desaparecer por completo na sopa.

Não havia um instante a perder. Diversos convidados já se deitavam nos pratos, e a concha de sopa avançava pela mesa em direção à cadeira de Alice e ordenou com impaciência que ela saísse do caminho.

"Não aguento mais!", gritou a menina, erguendo-se num salto e puxando a toalha com as duas mãos: com um golpe firme, todos os pratos, convidados e velas despencaram no chão.

"Quanto a você", e virou-se furiosa para a Rainha Vermelha, a quem responsabilizava por toda a confusão. Mas a Rainha não estava mais ao seu lado; encolhera até o tamanho de bonequinha e estava sobre a mesa, perseguindo alegremente o xale, que se arrastava atrás dela.

Em qualquer outra circunstância, Alice teria ficado surpresa, mas estava agitada demais para se surpreender.

"Quanto a você", repetiu a menina e apanhou a criaturinha justo quando pulava na garrafa à mesa, "vou sacudi-la até que vire uma gatinha!"

ALICE

CAPÍTULO 10

❧ ❧

HORA DE SACUDIR

ASSIM DIZENDO, A APANHOU DA MESA E A SAcudiu com toda a força.

A Rainha Vermelha não ofereceu resistência; o rosto ficou miúdo e os olhos, muito grandes e verdes. Mesmo assim, Alice continuou sacudindo-a, enquanto ela se tornava cada vez menor, mais cheia, mais macia, mais redonda e...

ALICE

CAPÍTULO II

HORA DE DESPERTAR

V...IROU MESMO UMA GATINHA!

ALICE

CAPÍTULO 12

QUEM SONHOU?

"VOSSA MAJESTADE NÃO DEVERIA RONRONAR tão alto", disse Alice, esfregando os olhos e se dirigindo à gatinha em tom respeitoso, porém severo. "Acabou me acordando de... ah, um sonho tão maravilhoso! E você esteve o tempo todo comigo, Gatita... no Mundo do Espelho. Sabia disso, querida?"

Os gatos têm um hábito bastante inconveniente (certa vez Alice comentara isso): não importa o que se diga para eles, respondem ronronando. "Podiam ao menos ronronar para dizer 'sim' e miar para dizer 'não', ou algo parecido", ponderara, "para que pudéssemos de fato conversar com eles! Mas como conversar com alguém que só diz sempre a mesma coisa?"

Foi o que aconteceu naquela ocasião: Gatita só ronronava e era impossível adivinhar se queria dizer "sim" ou "não".

Alice então vasculhou as peças de xadrez na mesa até encontrar a Rainha Vermelha. Ajoelhando-se no tapete próximo à lareira, colocou a gatinha e a Rainha frente a frente.

"Agora, Gatita!", gritou ela, e batendo palmas, esfuziante. "Confesse que se transformou nela!"

("Mas Gatita não olhava de jeito nenhum", disse a menina, ao explicar mais tarde para a irmã. "Virava a cabeça para o outro lado e fingia não ver... mas parecia um pouquinho envergonhada, então acho que foi mesmo a Rainha Vermelha.")

"Mais postura, minha cara!", exclamou Alice, rindo alegremente. "E faça reverência enquanto pensa no que... no que vai ronronar. Economiza tempo, lembra?" Alice pegou a gatinha no colo e a beijou, "pela honra de ter sido a Rainha Vermelha".

"Floquinho, meu amor!", prosseguiu, virando-se para a gatinha branca, que aguardava paciente o fim de seu banho. "Quando é que Diná vai terminar de limpar vossa majestade branca? Deve ter sido por isso que você estava em tamanho desalinho no meu sonho... Diná! Sabia que está lambendo a Rainha Branca? Francamente, é um baita desrespeito!"

"Em quem será que Diná se transformou?", perguntou-se Alice e se acomodou no tapete, com o queixo apoiado na mão, para observar os bichanos. "Diga-me, Diná, você era o Humpty Dumpty? Acho que era... mas, em todo caso, melhor não comentar nada com os amigos por enquanto, pois ainda não tenho certeza.

"Por sinal, Gatita, se você estivesse mesmo comigo no sonho, de uma coisa teria gostado: declamaram inúmeros poemas para mim, todos sobre peixes! Amanhã de manhã, vou te dar um presentão: quando tomar seu desjejum, vou recitar 'A Morsa e o Carpinteiro'... E você pode fingir que come ostras, minha querida!

"Agora, Gatita, vamos pensar: quem será que estava sonhando? É uma pergunta séria, meu amor, você não devia lamber sua pata assim... como se Diná não tivesse te dado um belo banho hoje cedo! Sabe, Gatita, acho que fui eu ou o Rei Vermelho. Ele era parte do meu sonho, é claro... mas, então, eu era parte do dele também! Foi o Rei Vermelho, Gatita. E você era a esposa dele, meu amor, então deve saber bem... Ah, Gatita, me ajude a decidir! Tenho certeza de que sua pata pode esperar!" Mas a gatinha insubordinada começou a lamber a outra pata e fingiu não ter sequer ouvido a pergunta.

E *você*? De quem acha que foi o sonho?

A deslizar, o barco avança
Lânguida tarde de sol
Inesquecível lembrança

Cercado pelo trio atento
Encanto-as com meu intento
Planejo um conto a contento

Lá se vão muitos poentes
Ecos de risadas contentes
As musas hoje, silentes

Se a memória enfraquece
Alice, como fantasma, aparece
Na história que não envelhece

Cercado por novos leitores
Encanto-os com meus labores
Lembrando antigos clamores

Idílico país encantado
Devaneio compartilhado
Sonho de um tempo passado

E há sempre o barco a deslizar
Luzidio sol a brilhar
Lá onde viver é sonhar.

FIM

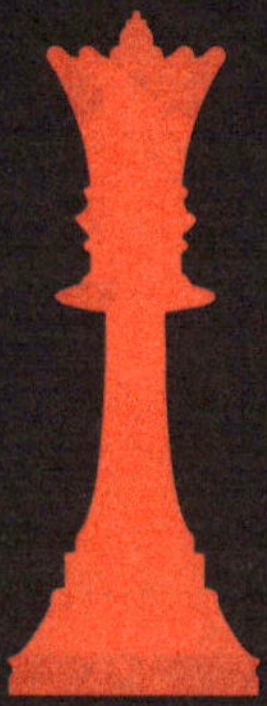

O EPISÓDIO SUPRIMIDO

Em junho de 1870, o ilustrador John Tenniel mandou uma carta para Lewis Carroll, sugerindo algumas alterações em *Alice Através do Espelho*. Em tom de desabafo, Tenniel manifestou seu descontentamento com um episódio específico, "O Marimbondo de Peruca", alegando que não conseguiria ilustrá-lo. "O capítulo do marimbondo não despertou em nada o meu interesse e não tenho ideia de como poderia ilustrá-lo. Se queres encurtar o livro, penso, com todo respeito, que tens nele sua oportunidade", escreveu ele. Carroll acatou a sugestão e o episódio foi removido das aventuras de Alice. Perdido por mais de um século, foi leiloado em 1974 pela Sotheby's e, posteriormente, publicado.

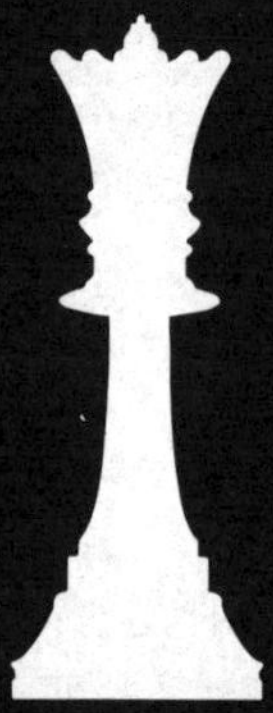

ALICE
O MARIMBONDO DE PERUCA

QUANDO ELA ESTAVA PRESTES A SALTAR, ouviu um suspiro profundo, que parecia vir do bosque atrás dela.

"Tem alguém bem infeliz lá", pensou ela, olhando aflita para trás, para ver o que era. Algo que parecia um homem muito velho (mas com cara de marimbondo) estava sentado no chão, encostado em uma árvore, todo encolhido e tremendo como se estivesse morto de frio.

"Não creio que possa fazer algo por ele", foi o primeiro pensamento de Alice, virando-se para pular o riacho, "mas vou perguntar o que ele tem", acrescentou ela, parando na beirinha da água. "Se eu pular de uma vez, tudo vai mudar e não poderei ajudá-lo".

Então ela se dirigiu até o marimbondo, um pouquinho contrariada, pois estava ansiosa para se tornar uma rainha.

"Ai, meus velhos ossos, meus ossos tão velhinhos!", resmungava ele quando Alice se aproximou.

"Deve ser reumatismo, acho eu", disse Alice para si mesma, inclinando-se sobre ele e dizendo em tom cortês: "Espero que o senhor não esteja sentindo muita dor."

O marimbondo apenas deu de ombros, virando a cabeça. "Ah, pobre de mim!", exclamou ele com seus botões.

"Posso ajudar o senhor?", prosseguiu Alice. "Não está sentindo muito frio aqui?"

"Como você é enxerida!", censurou o marimbondo em tom irritado. "Papagaio, papagaio! Nunca vi criança igual!"

Alice ficou um tanto ofendida com a resposta e por pouco não girou nos calcanhares e foi embora, mas pensou consigo: "Vai ver que é a dor que o deixa tão mal-humorado". Então, tentou outra vez.

"Não quer que ajude o senhor a ir para o outro? Lá, vai ficar longe do vento frio."

O marimbondo apoiou-se no braço de Alice e permitiu que a menina a ajudasse a dar a volta pela árvore, mas assim que se acomodou novamente, ele repetiu: "Papagaio, papagaio! Não pode deixar ninguém em paz?"

"Quer que eu leia um trechinho?", continuou Alice, pegando o jornal que jazia aos pés do marimbondo.

"Pode ler, se assim lhe aprouver", retrucou o marimbondo, amuado. "Ninguém está te impedindo, está?"

Alice então sentou-se ao lado dele, abriu o jornal sobre os joelhos e pôs-se a ler: "Últimas Notícias. A Expedição Exploratória fez outra viagem à Despensa e encontrou cinco torrões novos de açúcar branco, de bom tamanho e em ótimas condições. Ao regressar..."

"Nenhuma menção ao açúcar mascavo?", interrompeu o marimbondo.

Alice correu os olhos pelo jornal e respondeu: "Não. Nada de mascavo."

"Nada de mascavo!", resmungou o marimbondo. "Que bela expedição exploratória!"

"Ao regressar", Alice prosseguiu a leitura, "encontraram um lago de melado. As margens do lago eram azuis e brancas, e pareciam de porcelana. Enquanto experimentavam o melado, sofreram um lamentável acidente: dois membros do grupo foram engolfados..."

"Foram o quê?"

"En-gol-fa-dos", repetiu Alice, dividindo a palavra em sílabas.

"Não existe esta palavra!", protestou o marimbondo.

"Está aqui no jornal", disse Alice, um pouco sem jeito.

"Vamos parar por aí!", exclamou o marimbondo, virando a cabeça, exasperado.

Alice largou o jornal. "Receio que não esteja bem", disse ela, em tom apaziguador. "Não posso mesmo fazer algo pelo senhor?"

"A culpa é da peruca", confessou o marimbondo, com uma voz mais suave.

"Da peruca?", repetiu Alice, satisfeita ao perceber que ele estava melhorando seu humor.

"Você também ficaria rabugenta, se tivesse uma peruca como a minha", prosseguiu ele. "As piadas que tenho que ouvir! As amolações! E aí, eu fico zangado. E com frio. E me entoco sob a árvore. Com um lenço amarelo. E amarro em volta do rosto, como agora."

Alice lançou um olhar piedoso para o marimbondo. "Amarrar um lenço no rosto é ótimo para dor de dente", disse ela.

"É ótimo para altivez também", acrescentou o marimbondo.

Alice não entendeu bem a palavra. "É um tipo de dor de dente?", indagou ela.

O marimbondo refletiu por um instante. "Não exatamente", respondeu ele, "altivez é quando você anda de cabeça erguida, assim ó, sem inclinar o pescoço."

"Ah, empertigado!", exclamou Alice.

O marimbondo respondeu: "Isso é invencionice moderna. Na minha época, era altivez."

"Mas altivez está longe de ser uma doença", observou Alice.

"Está mais perto do que você pensa", retrucou o marimbondo, "espere só até ficar altiva, para ver só. E quando você pegar altivez, lembre-se de amarrar um lenço amarelo no rosto. Vai ficar boa em dois tempos!"

Ele removeu o lenço enquanto falava e Alice ficou espantada ao ver sua peruca. Era de um amarelo vívido como o do lenço, toda embaraçada, e pendia como uma pilha de algas marinhas. "Se tivesse um pente", sugeriu ela, "o senhor poderia melhorar sua peruca."

"Meliorar? Você é uma abelha?", indagou o marimbondo, fitando-a com mais interesse. "Tem um pente com mel?"

"Não, não", Alice apressou-se em esclarecer. "Eu quis dizer tornar a aparência melhor.. sua peruca está bem desmazelada, sabe."

"Vou lhe dizer como foi que passei a usá-la", disse ele. "Quando era jovem, sabe, tinha cachos ondulados..."

Uma ideia curiosa ocorreu à Alice. Quase todo mundo com quem topara havia declamado poesia e ela quis ver se o marimbondo também saberia recitar. "O senhor se importa de me contar em versos?", pediu ela, muito educada.

"Não estou acostumado com versos", disse o marimbondo, "mas vou tentar, espere um pouco." Ele ficou em silêncio por alguns instantes e então recomeçou:

Quando moço, tinha cabelo enrolado
E minha cabeça cacheada era bela
E diziam "esse devia ser tosquiado
E usar uma boa peruca amarela."

Mas quando segui o conselho
Todo mundo viu o resultado
Perguntaram se não tinha espelho
Pois estava pior que o imaginado

Falaram que estava torta de doer
E que eu estava feio em demasia
Mas, àquelas alturas, o que fazer
Meu cabelo já não mais crescia

Agora que estou velho e gris
E meus cachos são uma mixaria
Quem rouba minha peruca diz
"Por que usar esta porcaria?"

E sempre que estou na minha
Eles me chamam de matusquela
E tudo isso, minha menininha
Porque uso uma peruca amarela.

"Sinto muito", disse Alice, muito sincera. "Acho que se a peruca encaixasse melhor, não iam zombar tanto do senhor."

"A sua peruca encaixa muito bem", comentou o marimbondo, observando-a com admiração. "É o formato da sua cabeça. Mas suas mandíbulas são um pouco disformes... aposto que não consegue morder direito."

Alice conseguiu, a tempo, disfarçar sua risada em uma tosse. Por fim, esforçou-se para responder, muito séria: "Consigo morder o que eu quiser."

"Não com uma boquinha deste tamanho", insistiu o marimbondo. "Se estivesse lutando agora, por acaso conseguiria abocanhar seu adversário pela nuca?"

"Infelizmente, não", admitiu Alice.

"Exato, é porque suas mandíbulas são estreitas demais", continuou o marimbondo, "embora seu cocuruto seja bonito e redondo." Ele tirou a peruca enquanto falava, esticando uma garra na direção de Alice, como se quisesse fazer a mesma coisa com ela. Alice, porém, manteve distância e fingiu não ter percebido. Ele prosseguiu então com suas críticas:

"Seus olhos também... muito protuberantes, sem dúvida. Um só teria servido tanto quanto dois, já que ficam tão juntos..."

Alice não gostou nem um pouco de ser alvo daqueles comentários sobre sua aparência e, percebendo que o marimbondo estava de ânimo renovado e bastante falastrão, julgou seguro poder deixá-lo. "Acho que está na minha hora", disse ela. "Adeus."

"Adeus, e obrigado", agradeceu o marimbondo. Alice desceu novamente a colina, satisfeita por ter atrasado sua jornada e dispensado alguns minutos para oferecer algum conforto àquela pobre criatura.

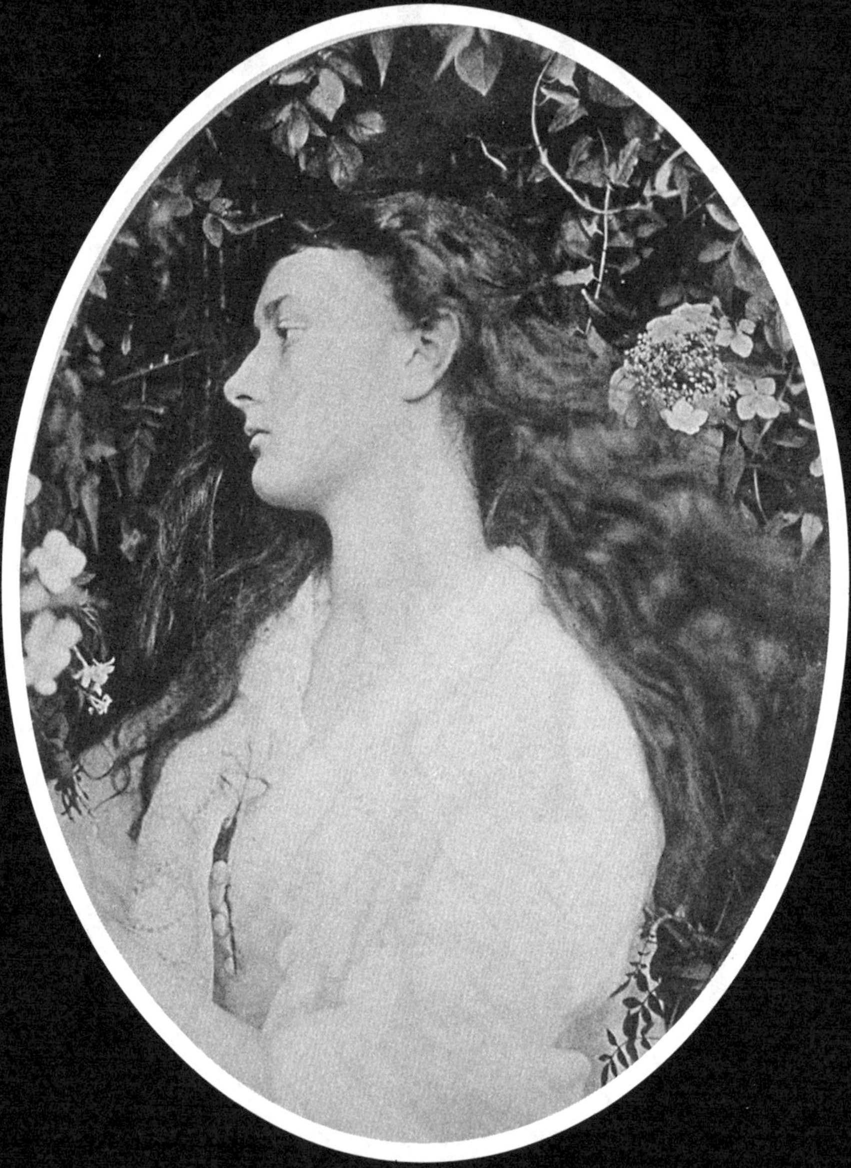

DO OUTRO LADO DO ESPELHO, UM MULTIVERSO

Ao perguntar para sua gatinha: "Sabe jogar xadrez, Kitty?", Alice parece dar voz a uma provocação de Carroll para o *darksider* que tem este volume em mãos: "Sabe jogar xadrez, leitor?". Antes de responder — seja você um grande enxadrista colecionador de medalhas ou um iniciante disposto a treinar e a aprender —, sinto-me compelido a adverti-lo que, do outro lado do espelho, há uma regra a mais para este jogo milenar: o *nonsense*.

O *nonsense* é a potência e a ponte de um multiverso criado por Lewis Carroll, multiverso esse que extrapola *Através do Espelho*, antecipando em mais de um século o que as HQs de super-heróis, filmes, séries e videogames tornariam comum. Lewis Carroll — pseudônimo do professor e diácono anglicano Charles Lutwidge Dodgson (1832-1898) — deixou uma produção ampla e diversificada, que não se resume à literatura infanto-juvenil ou aos tratados científicos sobre lógica e geometria euclidiana, conteúdos de matemática que ensinava na Christ Church, em Oxford. Além dessas obras, escreveu poemas, inventou jogos e brincadeiras cujas regras saíram em revistas, assinou críticas sobre exposições de arte e teatro, propôs mudanças no currículo da universidade em que lecionava, publicou artigos e panfletos sobre os mais diversos temas (vivissecção, cômputo de votos em eleições, motivação para estudar e aprender etc.), escreveu uma quantidade incontável de cartas e ajudou a elevar a fotografia, ainda incipiente em sua época, à arte, à medida em que começou a fotografar ao ar livre e a compor cenários fantasiosos para seus modelos, quer fossem adultos ou crianças.

É possível, então, falar em aproximações e complementaridades entre todas as produções de Carroll. Posso citar, como exemplo, a foto *The Dream* (1860), que mostra uma criança "translúcida" em frente à outra que dorme, como se fosse o sonho dessa; tal foto é o registro imagético de como os sonhos são portais para mundos fantásticos e *nonsênsicos*, tema que o autor explora nas duas aventuras de Alice, nas histórias que têm os irmãos Sílvia e Bruno[1] como protagonistas e, até mesmo, em seu livro sobre geometria euclidiana (*Euclides e seus rivais modernos*), escrito como peça de teatro, no qual toda a ação se dá durante o sonho de um professor fatigado pela correção das provas finais.

Outro exemplo que gosto de destacar é que não há uma dicotomia clara entre suas publicações acadêmicas e literárias, embora ele tenha tentado, por algum tempo, separá-las, assinando as primeiras com seu nome de batismo e, as segundas, com seu pseudônimo. Se por um lado produz textos acadêmicos com novas abordagens de tópicos matemáticos que, segundo ele, poderiam ser ensinados de maneira melhor, suas narrativas infanto-juvenis não se furtam de passagens que são críticas ao sistema escolar: a cena em que Alice conversa sobre as operações matemáticas com as outras duas rainhas e outra, em *Sílvia e Bruno*, na qual o professor fala que as escolas tratam a mente dos alunos como se fossem salsichas, nas quais tudo o que é colocado para dentro é o mais indigesto, são apenas dois dentre tantos trechos denunciativos.

---

1 Personagens dos livros *Sylvie and Bruno* (1889) e *Sylvie and Bruno Concluded* (1893), até hoje sem traduções completas disponíveis no Brasil.

Guardando as respectivas e proporcionais características de sua diversificada produção, quando se olha para suas obras separada ou conjuntamente, ninguém deixa de perceber que o *nonsense* é seu ponto fulcral. Por isso, para que *Através do Espelho* transpasse a experiência literária e se transforme, para o *darksider*, em um hall de acesso ao multiverso carrolliano, partilho um pouco dos estudos que já fiz sobre a vida e as obras de Carroll.

O termo *nonsense*, referente a um estilo de escrita cujos maiores representantes são o poeta Edward Lear e Lewis Carroll, pode enganar até mesmo quem procura se informar sobre ele, pois é usual que a explicação discorra sobre "algo sem sentido ou absurdo", o que distorce e simplifica sua potência literária. Em verdade o *nonsense* tem, sim, sentido — e, em algumas vezes, uma pluralidade de sentidos —, que emerge de regras puramente lógicas e do uso perspicaz da linguagem. Deste modo, é um espaço de confluência entre a linguagem e a lógica matemática, sobretudo aquela sua parte que reconhece na lógica aristotélica sua ancestralidade.

Como as palavras parecem ser insuficientes para cunhar uma definição de *nonsense* — o que, por si só, já é um *nonsense*, considerando-se a pilhéria linguística que isso representa para estudiosos e tradutores de Carroll —, valho-me da metáfora apresentada pela professora brasileira Myriam Ávila,[2] que retoma os estudos de Klaus Reichert, um dos mais reconhecidos pesquisadores sobre a temática: o *nonsense* é uma *mensagem-na-garrafa*. Jogada ao mar de leitores, o remetente, ao enviá-la, não tem certeza *quando* e *se* será recebida por um interlocutor, nem mesmo *quando* e *de que forma* será compreendida. Pode-se pensar, por conseguinte, que o *nonsense* é como um jogo que, ao distorcer as palavras e aproximá-las o mais que possível da

---

[2] Em *Rima e solução: a poesia nonsense de Lewis Carroll e Edward Lear* (Annablume, 1996).

lógica matemática, convida os jogadores a utilizarem seus conhecimentos prévios e experiências de vida para tentarem decifrar a mensagem.

Mas todo jogo tem suas regras, e conhecê-las auxilia o jogador a sair-se bem na partida. Sendo assim, elenco duas delas, o que ajudará o leitor a apreciar ainda mais a edição que tem em mãos: a presença de um amontoado de objetos sem relação entre si e a provocação de risos amarelos.

A presença de um amontoado de objetos sem relação aparente é reflexo, segundo Reichert, do *Zeitgeist*[3] vitoriano, uma época de turbulentas mudanças que mexeram com o imaginário e o cotidiano dos ingleses. Dentre elas, a expansão da malha ferroviária e a Grande Exposição de Londres são as mais representativas, ambas apresentando as maravilhas tecnológicas e de engenharia do mundo "moderno" em meio às arraigadas tradições inglesas. A Grande Exposição foi inaugurada em maio de 1851, no Hyde Park de Londres, em um edifício como nunca se tinha visto antes e que ficou conhecido como *Palácio de Cristal*. Nele estavam expostos objetos do mundo inteiro, valiosos ou curiosos, além de flora e fauna, maquinários de toda espécie, personagens em trajes típicos etc., o que criava uma miscelânea estonteante para o olhar pouco treinado dos espectadores da época, que ainda tinham pouca familiaridade com a fotografia e nem sequer pensavam em cinema ou *shopping centers*. Esta mixórdia de objetos que chamam a atenção, fora de seus contextos usuais, pelo uso incomum que lhes é atribuído é facilmente perceptível nas obras de Carroll, tendo seu maior representante em *Através do Espelho* o Cavaleiro Branco, que oferece a Alice uma receita de pudim feita com mata-borrão, pólvora e selo de vela, enquanto cavalga em sua montaria atulhada com uma coleção de objetos inúteis.

---

3 *Zeitgeist* é um termo alemão cuja tradução significa *espírito de época*, *espírito do tempo* ou *sinal dos tempos*. O *Zeitgeist* significa, em suma, o conjunto do clima intelectual e cultural do mundo, numa certa época, ou as características genéricas de um determinado período de tempo.

Com relação aos risos amarelos, Jean Gattégno,[4] crítico literário francês e estudioso de Carroll, analisa a serviço de quê o humor está presente nas obras do escritor vitoriano e, com isso, consegue classificar as reações que seus escritos suscitam no leitor em três tipos de riso, mostrando que ler Lewis Carroll é divertir-se, é sorrir! O primeiro deles é o riso franco, que ocorre quando o leitor reconhece algo que lhe é familiar (como as canções ou poemas que Carroll reescrevia para seus livros); outro tipo é o riso que brota carregado de um pouco de agressividade (quando o leitor ri de alguma situação que possui nuances de violência, como as grosserias da Ovelha com Alice enquanto ela rema ou a agressividade latente no modo como Humpty Dumpty fala com a garota); por fim, Gattégno define o riso amarelo, chamado assim porque é um riso acompanhado de uma sensação de incômodo e suscetível de se transformar em inquietude. Este último, que para o estudioso constitui a base do *nonsense*, é o que mantém o leitor interessado na história, porque as situações que o causam despertam nele a impressão de que o narrado é possível, porém a partir das regras — sejam elas literárias, do jogo ou metafísicas — que regem o universo da narrativa. Assim, o sorriso que o leitor dá quando o Unicórnio fala para a menina que deveria servir o bolo antes de parti-lo ou quando a Rainha Branca diz a Alice que sua memória trabalha nos dois sentidos nasce de situações que são totalmente condizentes com as novas relações do tempo e do espaço: sobre o primeiro, abandona-se a linearidade; acerca do segundo, todos os trajetos são possíveis.

Eu já havia comentado uma vez[5] sobre a ruptura que Carroll faz com o senso comum das noções de tempo e espaço e apontei-a como sendo uma estratégia pedagógica daquele que, mesmo quando escrevia narrativas literárias, não

---

4 Em *L'univers de Lewis Carroll* (José Corti, 1990).
5 Em *Uma visita ao universo matemático de Lewis Carroll e o (re) encontro com sua lógica do nonsense*. Disponível on-line.

deixava de ser professor: o navio que viaja ao contrário em seu poema "A caça ao turpente", o relógio que reverte o tempo e "desfaz" as ações dos personagens de *Silvia e Bruno* e até mesmo algumas das suas cartas — feitas com letras miúdas para serem lidas com lupa, escritas ao contrário para serem decifradas em frente a um espelho ou com desenhos de insetos que "atravessam" o papel, deixando partes do corpo de cada lado da folha — são modos de distorcer pedagogicamente a realidade, instigar a curiosidade do seu interlocutor e ajudá-lo a exercitar sua mente para que pense desordenadamente e crie hipóteses sobre o que pode vir a acontecer, considerando nisso o imprevisto, o não-linear, os limites das conjecturas. Carroll se põe, assim, como o precursor das discussões pedagógicas sobre o pensamento complexo, pontuadas muitos anos depois por Edgar Morin, filósofo e educador francês que tem debatido que a aprendizagem não segue estruturas ou caminhos lineares e que a escola tem que deixar um espaço para o imprevisto, para o erro e para as distorções — não são assim as aventuras de Alice, o tempo todo?

Entretanto, penso que o grande diferencial de *Através do Espelho* seja o modo como Carroll conseguiu delimitar bem o espaço em que isto ocorre, numa contradição encantadora: ainda que o tabuleiro de xadrez seja limitado, a quantidade de variações, dadas pelos movimentos das peças ou pelos acontecimentos inesperados e inimagináveis da história, é incontável. Assim, o autor coloca todo um mundo — *nonsênsico*, é claro! — em 64 quadradinhos, antecipando o jogo enquanto *regra* narrativa, algo que Georges Perec retomaria apenas em 1978.[6]

---

6 Georges Perec (1936-1982) foi um escritor francês, membro do OULIPO (Oficina de Literatura Potencial), grupo que tinha como proposta produzir literatura a partir de regras matemáticas. Em seu livro *A vida modo de usar*, elaborou a narrativa a partir de um problema matemático conhecido como *poligrafia do cavaleiro*, o qual se resolve sobre um tabuleiro de xadrez.

Ao sair do jardim e começar a participar da partida de xadrez, Alice é submetida às regras do jogo, que determinam a maneira como as personagens agem. Considerando isso, o leitor pode traçar paralelos entre a história e uma partida real: a Rainha ter uma memória que se lembra do que ainda não aconteceu é alegoria para o enxadrista que "ensaia" mentalmente jogadas que ele ou o adversário ainda não fizeram, prevendo-as como artimanha para decidir qual será o melhor lance a seguir; e o sono do Rei Vermelho é metáfora para tantas partidas que acontecem nas quais esta peça permanece, por muito ou por todo o tempo, imóvel.

Quanto aos movimentos, as personagens respeitam bem as regras do xadrez: as Rainhas desaparecem logo, correndo para longe de Alice, pois esta peça pode andar quantas casas o jogador quiser, e em qualquer direção; os cavalos, que sobre o tabuleiro andam em L, são representados por cavaleiros que seguidamente caem de sua montaria quando "fazem a curva da estrada"; os reis não se movem, estão aplastados; e Alice, que representa um peão, só pode andar uma casa de cada vez (com exceção da primeira jogada, que pode ser de duas casas, motivo pelo qual ela vai de trem) e "na ponta dos pés" (porque os peões só comem as outras peças na diagonal) — por esta razão, quando para ao lado do Rei Vermelho, não pode colocá-lo em xeque.

O tabuleiro-cenário, cujos quadradinhos são divididos por riachos e cercas, sobrepõem paradoxalmente o bi e o tridimensional. Quando leio a história, penso naqueles livros *pop-ups*, pois cada quadradinho é um cenário à parte: a loja da Ovelha, a floresta em que os cavaleiros lutam, o muro em que Humpty Dumpty está sentado e a sala do banquete em que se festeja a coroação de Alice parecem "saltar" para fora da bidimensionalidade expressa no diagrama que aparece no começo do livro.

Ainda sobre o jogo, gostaria de chamar a atenção para pontos que somente o *nonsense* poderia explicar: os xeques ignorados e o roque entre as rainhas. Quando a Rainha

Vermelha se desloca pela segunda vez e quando o Cavaleiro Vermelho avança para lutar contra o Cavaleiro Branco, ambos os movimentos colocam o Rei Branco em xeque. O Rei Branco, por sua vez, não foge e nem é defendido pelas outras peças, e o xeque não se concretiza, sem qualquer explicação. Quanto ao roque das rainhas, não há, no xadrez, esta jogada, pois o roque é sempre entre o rei e sua torre.

Pressupor que Carroll não teria se dado conta destas duas "esquisitices" seria dirigir um olhar inocente a uma mente brilhante. Para mim, tudo se resume à presença de Alice, que parece às demais peças potencialmente perigosa, sobretudo com suas respostas e enfrentamentos. Observe que as peças vermelhas são mais raivosas, mais inquietas e mais atrapalhadas, o que justificaria terem dado mais atenção à Alice, que era uma figura estranha ao jogo, do que ao Rei Branco, ignorando os xeques. Contudo, quando ela vira Rainha Alice, as demais rainhas querem a todo custo chamar sua atenção e passam a lhe dar uma série de conselhos, tais como a maneira correta de conduzir o banquete e de se expressar, e é nessa enxurrada de sugestões e regras que a "sufocam", que a "apertam" de ambos os lados, fazendo o roque.

O jogo também é uma presença marcante nas histórias de Alice porque Carroll os adorava. Não só inventou vários como os carregava consigo quando viajava, usando-os para entreter seus amigos ou para conquistar novos. Tanto para o croquet (jogo que Alice disputa com a Rainha de Copas no País das Maravilhas) quanto para o xadrez, Carroll criou variações cujas regras se tornaram conhecidas; além disso, fotografou conhecidos em partidas de croquet ou de xadrez, talvez já pensando como poderia transformar estes passatempos em narrativas. A quantas partidas como a dessa foto que ele fez, em que se vê suas tias Henrietta e Margaret Lutwidge concentradas, teria assistido enquanto em sua mente pulsavam trechos da nova história?

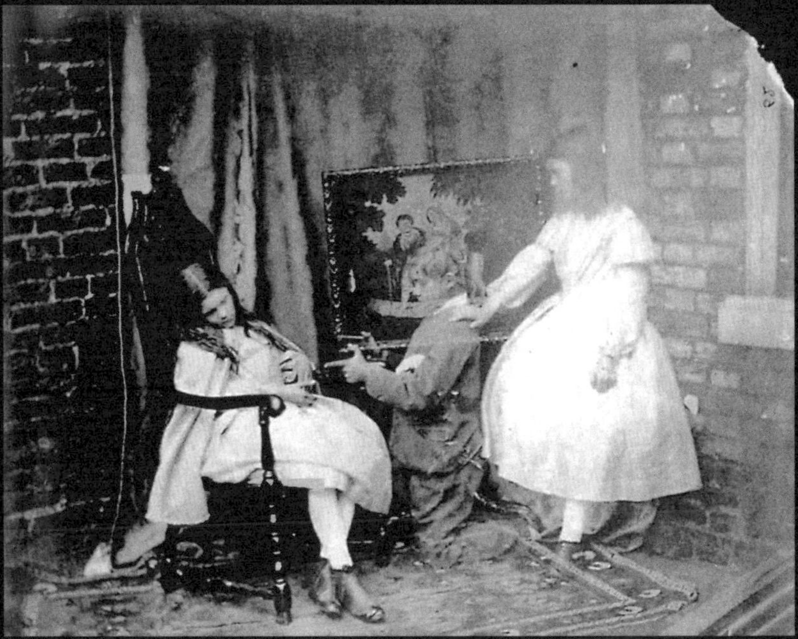

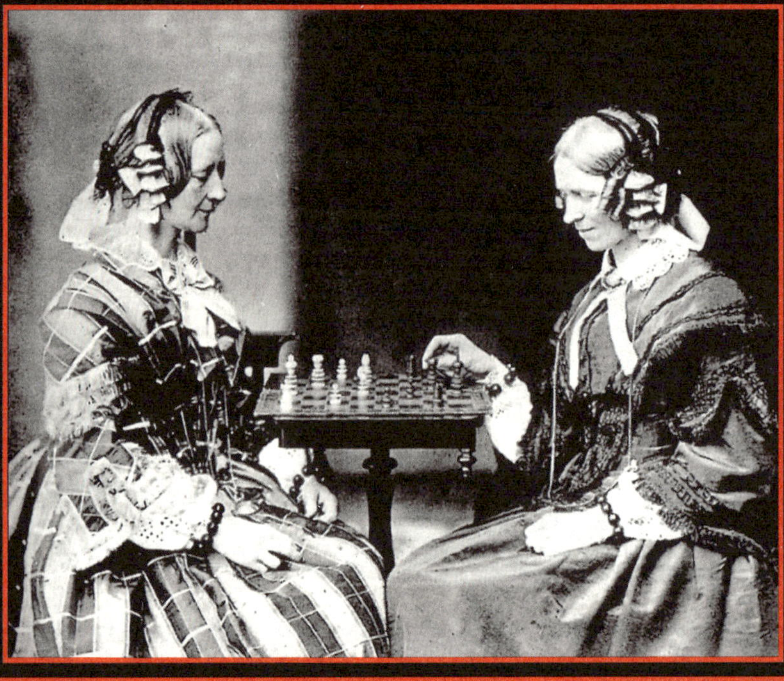

Apesar de o lançamento de *Através do Espelho* datar de dezembro de 1871, a primeira menção a ele é feita pelo autor, em seu diário, em 1866, um ano após o lançamento de *Alice no País das Maravilhas*. Outros motivos que justifiquem a história ter demorado tanto a tomar forma, além do zelo de Carroll com a produção das ilustrações por John Tenniel, carecem de registros. Contudo, o tempo transcorrido entre um livro e outro reflete, na história, o crescimento da verdadeira Alice: no dia do passeio de barco em que Carroll contou para ela a história que viria a se tornar o primeiro livro, Alice tinha 11 anos e, quando da publicação de *Através do Espelho*, ela já tinha 19, o que revela que a segunda aventura foi pensada e criada em seu tempo de adolescência. Por isso, estudiosos carrollianos não deixam de apontar que a coroação de Alice representaria sua entrada na vida adulta e que o Cavaleiro Branco, ao se despedir dela pedindo-lhe que não o esquecesse, seria o próprio Carroll, consciente de que sua amizade com a criança estaria chegando ao fim.

Muitas outras conexões — que podem ser tomadas como outros modos de leitura e de apreciação da história — podem ser traçadas entre a vida de Carroll e *Através do Espelho*, formando uma longa lista, da qual cito alguns exemplos: o Unicórnio e o Leão estão presentes no brasão de armas do Reino Unido, o primeiro representando a Escócia e, o segundo, a Inglaterra; o dia em que a história começa é a véspera do casamento do príncipe de Gales[7] — Carroll registrou, em seu diário, que havia levado Alice para apreciar as luzes e os fogos comemorativos; no livro, no começo da história, ela fala com sua gatinha sobre a coleta de gravetos para as fogueiras —; a discussão de Humpty Dumpty sobre as palavras e as coisas retoma a antiga contenda filosófica sobre o nominalismo, cujas opiniões dividiam os filósofos que Carroll lia; o Rei Branco assusta-se ao ver o lápis

---

[7] Príncipe Alberto Eduardo, filho da rainha Vitória, que veio a se tornar o rei Eduardo VII. Sua esposa, Alexandra, era princesa da Dinamarca.

escrever sozinho, o que pode ser uma pilhéria com a psicografia, já que Carroll flertava com o ocultismo, muito em voga à época, chegando a ser membro da *Ghost Society*.[8] Todos estes pontos permitem o leitor entender que o *nonsense* é um mundo que não nega o mundo real, mas que o engloba.

Muito mais poderia falar sobre *Através do Espelho*, mas deixo para os leitores o prazer de se debruçarem sobre a obra e descobrirem outras curiosidades e análises. Porém não posso ir-me sem comentar a melhor parte, aquilo que era um dos temas mais caros a Carroll: a lógica matemática! Ao *darksider* que acabou o livro e agora me lê desconfiado pensando: "Mas onde é que tem matemática nesta história?", explico algumas ocorrências, para fechar o assunto sobre o *nonsense*, que desde o começo avisei que tem como regras básicas contemplar as estruturas lógicas e prezar pelo uso da linguagem.

A lógica simbólica é constituída por *silogismos*, termo que define um raciocínio lógico-dedutivo no qual, dado duas ou mais afirmações (chamadas *proposições*), segue delas, de maneira inequívoca, a conclusão do argumento (o argumento pode ser *verdadeiro* ou *falso*).[9]

No capítulo 3, Alice conversa com a Rainha Branca enquanto a ajuda a prender o xale e arrumar o cabelo. A Rainha, muito agradecida, propõe à garota um trabalho:

> "Eu contrataria você com prazer!", disse a Rainha.
> "Dois centavos por semana e geleia em dias alternados."
>
> Alice mal conseguiu segurar o riso ao responder:
> "Não quero que me contrate... e não gosto muito de geleia."

---

8   A biografia de Carroll, escrita por Morton N. Cohen (Record, 1998) é um achado para o leitor que deseja entender melhor o homem e sua obra.
9   Um exemplo simples e bastante conhecido é:
    Todo homem é mortal. (premissa 1)
    Sócrates é um homem. (premissa 2)
    Então, Sócrates é mortal. (conclusão)

"É uma excelente geleia", insistiu a Rainha.
"Bem, seja como for, não quero nenhuma *hoje*."
"Nem se *quisesse* poderia ter", retrucou a Rainha. "A regra é: geleia amanhã e geleia ontem; jamais geleia *hoje*."
"Algum dia tem que ser geleia *hoje*", objetou Alice.
"Não, impossível", disse a Rainha. "É geleia no *outro* dia.
Hoje nunca é o *outro* dia, entendeu?"
"Não entendo", disse a menina. "É muitíssimo confuso!"

A Rainha usa a seu favor o *nonsense*, com suas regras camufladas num jogo de palavras: o dia do pagamento com geleia é sempre *ontem* ou *amanhã* mas, quando o *amanhã* chega, ele vira *hoje*, e *hoje* não é dia de pagamento. Portanto, se Alice aceitasse trabalhar para ela, não poderia reclamar por não receber nenhum pagamento.[10]

Raciocínio semelhante se aplica à cena do Capítulo 9 quando Alice, já rainha, bate à porta:

"Vou esperar o fim da canção", pensou Alice, "então toco a campainha... mas qual devo escolher?"
Estava intrigada com os nomes. "Não sou visita, mas também não sou criada, deveria ter uma onde estivesse escrito 'Rainha', ora..."
Naquele exato momento, a porta se entreabriu e uma criatura com bico comprido botou a cabeça para fora e disse: "Ninguém entra até a semana depois da semana que vem!". Depois fechou a porta com estrondo.

---

10 Um tratamento lógico mais adequado, construído respeitando a simbologia da lógica de predicados, pode ser lido em *Lógica e nonsense nas obras de Lewis Carroll: silogismos e tontogismos como exercícios para o pensamento*, que está disponível on-line.

Observe que as regras do *nonsense* são claras e causam, no leitor, aquele sorriso amarelo de estranhamento porque, no mundo real, a semana após a próxima chegará; todavia, *ao pé da letra*, ela será *esta* semana, o que impede que Alice entre e faz com que fique, *ad eternum*, esperando seu acesso.

Outro conteúdo elementar da lógica aristotélica é a chamada *lei do terceiro excluído*. Segundo ela, dada uma proposição, ou ela é verdadeira ou é falsa (sua negação é verdadeira). Dito de outro modo, algo não pode *ser* e *não ser* ao mesmo tempo uma verdade, e nem pode ser uma terceira opção diferente destas duas. Esta questão se percebe na fala de Humpty Dumpty acerca da sua preferência por *desaniversários*, que são a negação dos *aniversários*: ou você está de *aniversário* ou de *desaniversário*, não há uma terceira opção.

É interessante também notar uma semelhança entre o modo como Carroll manipula algumas palavras na história e as temáticas da filosofia da linguagem. Desde os gregos se discutia como a linguagem significa o dito, tópico que ganhou novo fôlego a partir dos estudos de Gottlob Frege[11] sobre a lógica matemática. Não sei dizer se Carroll o leu, mas o tratamento purista que dá a algumas palavras, olhando-as no seu âmago e sem se desviar delas, me permite pensar no autor de *Sentido e referência*, o que explicaria por que a borboleta (*butterfly*, em inglês, sendo que *butter* significa *manteiga*) que Alice encontra é inserida no campo semântico dos alimentos e como *Ninguém* assume uma personalidade (Alice diz ao Rei Branco que "não viu ninguém" e ele comenta com seu Mensageiro que esse é "mais rápido que ninguém").

Na ausência de palavras que comuniquem a ideia desejada, Carroll as cria. São as chamadas *palavras-valise* ou *palavras-mala*, inventadas pelo escritor a partir da junção de duas ou mais palavras que, ao amalgamarem seu significado, criam outro novo. Na história, elas aparecem em profusão

---

11 Filósofo alemão (1848-1925) que promoveu uma guinada nos estudos da filosofia da linguagem ao publicar *Sentido e referência*.

no poema *Garrulépido*. Mais uma vez rendo-me ao texto carrolliano, que inspira estudos e olhares agora aproximados pela filosofia de Wittgenstein e seu conceito de *jogos de linguagem*,[12] que associa o significado de uma palavra ao seu uso. Carroll e Wittgenstein não foram contemporâneos, mas faço este destaque alicerçado no *nonsense* que, ao não se encerrar apenas em si, instiga possibilidades múltiplas de entendimento e aproximações.

Assim como eu, estudiosos de diferentes áreas do conhecimento têm feito uma verdadeira arqueologia das obras carrollianas, procurando tanto o que o autor disse quanto metáforas para abordagens pedagógicas. O multiverso carrolliano é amplo, se entrecruza para muito além do espelho e, por isso, segue sendo constantemente estudado. Claude Roy[13] afirma que os livros mais célebres de Carroll merecem o status que atingiriam e a estima e o interesse que lhes são dirigidos porque "tudo está em *Alice*, a metafísica e a política, a moral e a imoralidade, a economia e a poesia" e que são eles livros que "responde[m] a todos os que se interrogam e lhe demandam ajuda". Na mesma direção, Pietro Citati[14] ressalta que Carroll dedicava-se tanto aos problemas da metafísica quanto aos do conhecimento, e que escondia o que descobria em pequenas farsas e jogos ricamente filosóficos e leves, os quais seriam motivos suficientes para que "cada um de nós pegue novamente [seus livros], folheie, consulte, torne a ler, se deseja se orientar no vasto espaço entre a terra e o céu".

Desconheço citações mais apropriadas para concluir a apresentação do multiverso carrolliano: aqueles que conseguirem olhar para o conjunto de suas obras entrarão em

---

12 Ludwig Joseph Johann Wittgenstein (1889-1951) foi um filósofo austríaco cujos estudos, naquela que ficou conhecida como sua segunda fase, discorrem sobre como diferentes formas de vida apresentam diferentes modos do uso da linguagem.
13 Poeta e ensaísta francês (1915-1997), citado por M. Thériault em *Lewis Carroll: tenir hors de la portée des enfants*. Disponível on-line.
14 Pesquisador italiano, autor do prefácio da edição italiana *Le aventure di Alice nel paese dele meraviglie/Attraverso lo specchio* (Oscar Mondadori, 2012).

contato, além de com os costumes da sociedade vitoriana, com temas e tópicos dos mais diversos: matemática, ciências naturais, mundo sobrenatural, metafísica, literatura e mundo espiritual são apenas alguns que posso citar para instigar os *darksiders* — e que já aparecem na obra que agora têm em mãos!

Através do Espelho tinha vendido, após sete semanas do seu lançamento, 15 mil cópias. Os números seguiram subindo e, no ano da morte de Carroll (1898), 100 mil exemplares já tinham achado seus leitores. Hoje não é possível saber quantas edições há ao redor do globo, porém o sucesso do livro é inquestionável. Atribuo este sucesso atemporal à possibilidade de Alice seguir conversando com seus leitores, tecendo com eles diálogos em que mostra que o mundo contém, em si, algo de *nonsênsico* — como a pandemia que vivemos agora: poderíamos pensar o distanciamento social como uma releitura da clausura de Alice no tabuleiro e os tipos estranhos que ela encontra sendo as pessoas que, nas redes sociais, brigam ou querem nossa atenção?

E, em situações de *nonsense*, ela ensina que o riso é a melhor atitude de enfrentamento.

Rafael Montoito
Fevereiro, 2021

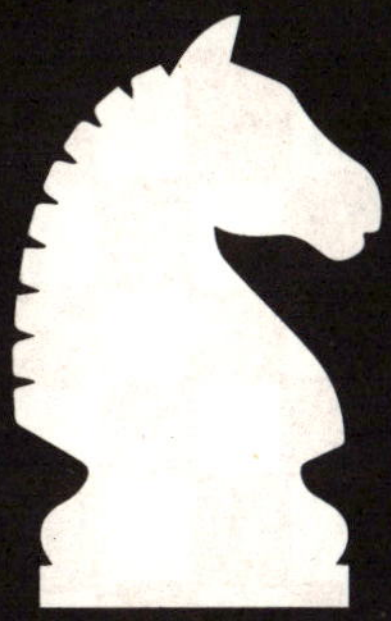

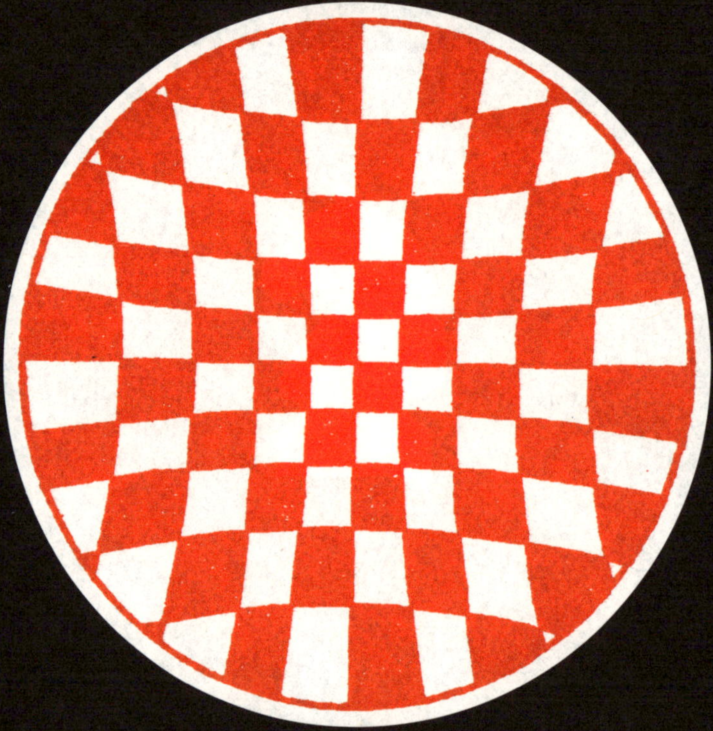

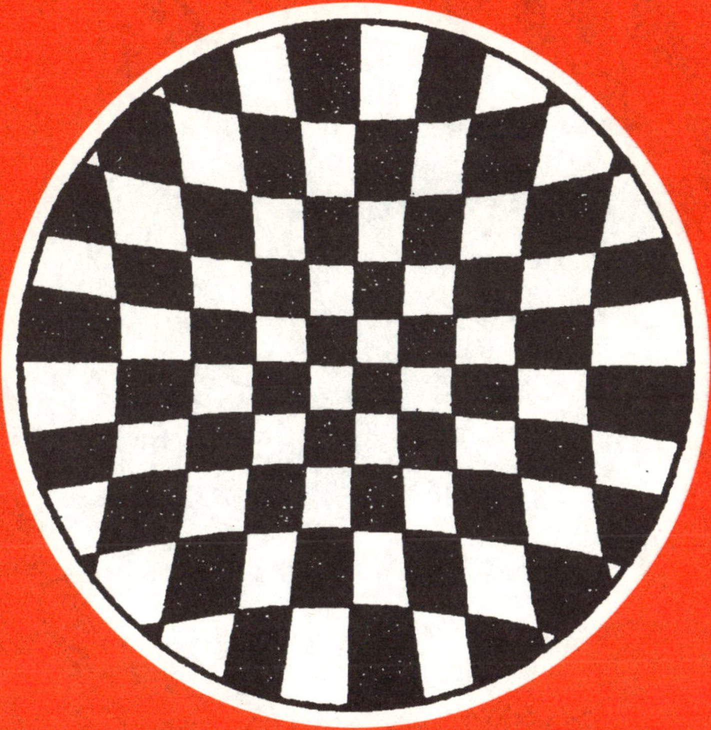

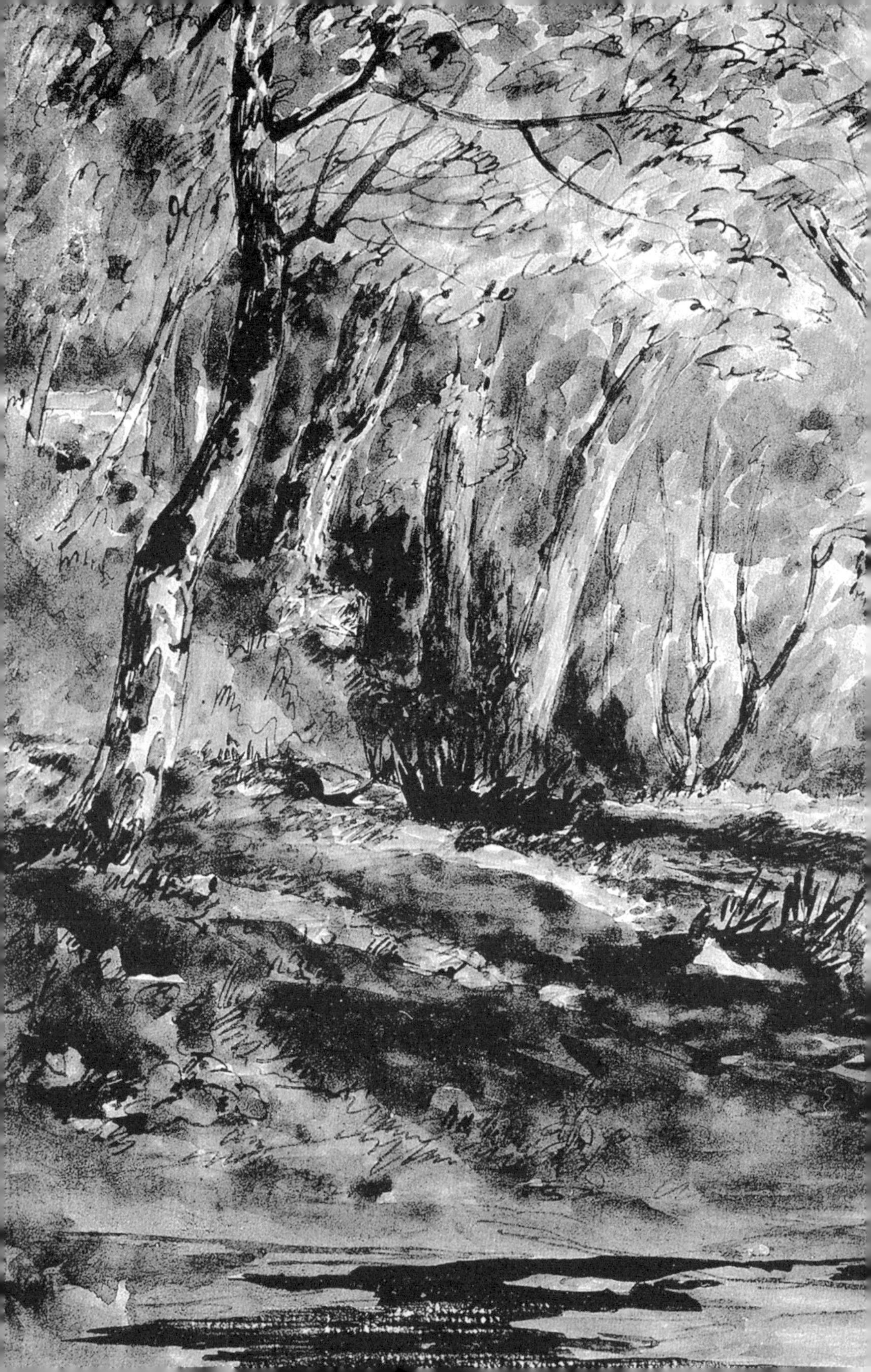

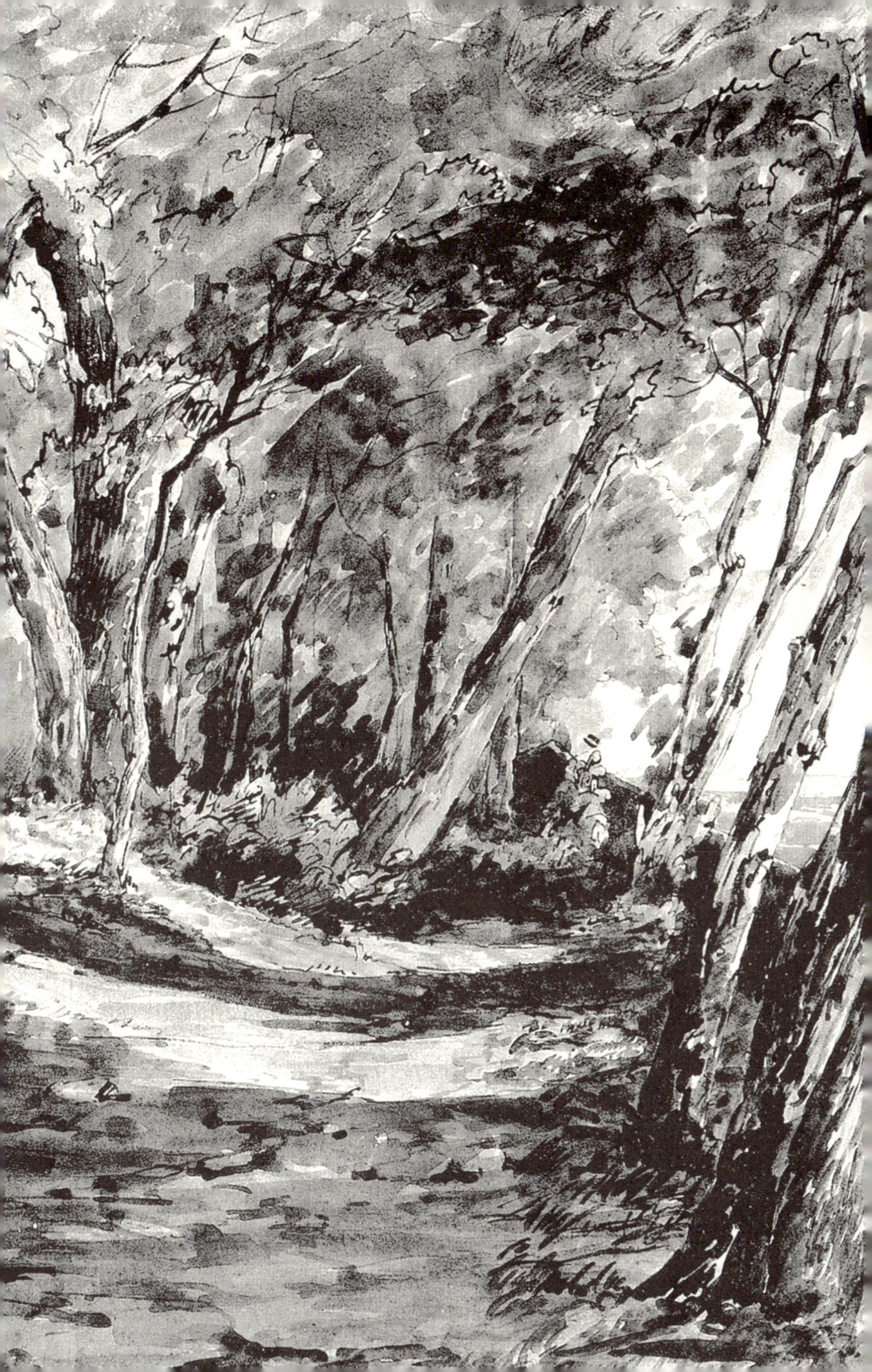

MARCIA HELOISA é tradutora, pesquisadora e dark desde sempre. Tem trabalhos publicados sobre literatura e cinema de horror e, após um mestrado sobre *Drácula*, concluiu doutorado sobre pânicos políticos no horror norte-americano. Tradutora dos volumes de Edgar Allan Poe e *Drácula* para a DarkSide® Books, seguiu com *Alice* e *O Mágico de Oz* sua jornada pelas Fábulas Dark. Sempre vendo o mundo pelas lentes do horror, reconhece as tintas macabras dos contos de fada e insiste em incluir Alice e Dorothy no panteão das *final girls*, por serem expoentes do protagonismo feminino, garotas *kick-ass* e sobreviventes de confrontos com monarcas psicopatas e bruxas vingativas.

RAFAEL MONTOITO é graduado em Matemática (UFPEL, Pelotas, 2001), com mestrado e doutorado na área da Educação Matemática (respectivamente na UFRN, Natal, 2007, e na Unesp, Bauru, 2013). Foi pesquisador visitante na University of Birmingham (2016), com estudos voltados às cartas e diários de Lewis Carroll. Atualmente, atua como professor no Programa de Pós-graduação em Educação no IFSUL (Pelotas), onde desenvolve pesquisas sobre narrativas e ensino de matemática, sobretudo literatura e matemática. Entre suas publicações ficcionais independentes, estão os romances *Sangue é saudade* e *Um bom lugar para morrer* e o livro de contos *Amores interrompidos*. Rafael também é autor de *Chá com Lewis Carroll* (Paco Editorial) e *Lógica e nonsense nas obras de Lewis Carroll* (Editora IFSUL) e tradutor de *Euclides e seus rivais modernos*, de Lewis Carroll (Livraria da Física).

LEWIS CARROLL (1832-1898), inglês, era o pseudônimo do matemático e diácono anglicano Charles Lutwidge Dodgson, que escreveu romances, poemas e charadas. *Alice no País das Maravilhas* e *Alice Através do Espelho* são suas obras mais conhecidas.

JOHN TENNIEL (1820-1914), inglês, foi ilustrador, pintor e cartunista político. Atuou por mais de cinquenta anos como o principal cartunista da revista satírica *Punch*, para a qual produziu mais de 2 mil ilustrações. Ilustrou também diversos livros, incluindo uma edição das fábulas de Esopo, mas é lembrado sobretudo pelas ilustrações clássicas de *Alice no País das Maravilhas* e *Alice Através do Espelho*.

FABULAS DARK

DARKSIDEBOOKS.COM